ちくま文庫

男は語る

アガワと12人の男たち

阿川佐和子

筑摩書房

目次

男は語る

アガワと12人の男たち

本書は、一九九二年三月にＰＨＰ研究所より刊行され、二〇〇一年五月に文春文庫として刊行されました。

男とは

開高 健

かいこう・たけし

昭和5（1930）年、大阪生れ。大阪市立大学卒業。33年、『裸の王様』で第38回芥川賞受賞。著書に『夏の闇』『ロマネ・コンティ・一九三五年』『私の釣魚大全』『オーパ！』『最後の晩餐』などがある。56年、「すぐれたルポルタージュ文学」によって第29回菊池寛賞受賞。62年、自伝的長篇『耳の物語』で日本文学大賞受賞。平成元年、食道腫瘍のため死去。病いと闘いつつ完成させた短篇三部作『珠玉』が絶筆となった。

茅ヶ崎の開高氏のお宅を訪れたのは、三月の末だった。到着したわれわれを、門の前まで出迎えてくださる開高さんの巨体に恐縮し、走り寄る。氏は黙って先を歩き出され、書斎に続く哲学の小道を通るとき、まるでそれが客を迎えるときのお決まりコースのように、ご自身で射とめたアラスカムースの頭や巨大魚のはく製に説明を加え、部屋に招き入れてくださった。そして所定の位置に腰を落ち着けるなり、大きな声で、

「で、きょうはなんの話をするのでしょうか」

実は、と、訪問者一同が答えようとして息を吸うと同時に、開高さんは次の言葉を続け、気がついたときはすでに対談が始まっていた。

開高　テレビ屋やってて、慣れましたか。

阿川　よれよれでございます。（笑）

開高　君がよれよれになるとは思えないが、夜更けの仕事いうの、大変だろうな。医者にいわせると、いくら昼間寝たって、夜寝るのとは違うんだって。

阿川　そうですってね。お日様と同じに……。

開高　やっぱり農民の生活がいちばん自然なんだね。仕事は面白いですか。目移りし

ていいでしょう。

阿川　くるくる、本当によく変ります。

開高　ノイローゼにならない？

阿川　おかしくなりますね。

開高　テレビ以前のことだけど、私の友だちで自殺したのがいる。ニュース映画撮っていて、トピックになるような極端なのばかり追っかけるから、そのうちおかしくなって、いっちゃった。

阿川　はあ……。

開高　でも、君は心配しなくてもいいの。

阿川　女は、ですか？（笑）

開高　明治以後、女にも小説家や雑誌記者がたくさん出たわね。しかし、自殺したやつ、一人もいない。ご安心あれ。

それに対して、男は、一流に限って自殺する。俺なんかべんべんと生きているから、三流の作家ではないかと思うんだ。

阿川　自殺したいと思われたこと、ありますか。

開高　のべつ。

阿川　のべつ？

開高　うん。

阿川　でも、しない……。

開高　何度もそういうことがあると、そのうちに自分の心のメカニズムがわかってきて、「死んだらそれまでだ」と、自分を浄化するんだな。つまり、いやなことがあるから自殺しようという気になるんだが、そう考えることで自分を浄化しているわけよ。ほかに浄化の方法を知らないもんだから、自殺を考える。こういうのが意外に免疫をつくっていって、一病息災と同じことで、長生きしちゃうらしい。いやだね……。女は自殺しない。

阿川　女で自殺したというのは……。

開高　男と一緒にやったのはいますよ。有島武郎が死んだときに、波多野という『婦人公論』か何かに勤めていた女性が一緒に。しかしこれは抱き合い心中であって、それ以外には断固として自殺した女なんか、いないな。タフですぜ、尊敬しますわ。

阿川　きょうのお話、はじめっからそういう方向に向っちゃうんですか（笑）。どうしてでしょうね、やっぱり男の人のほうが繊細なんでしょうか。

開高　繊細というか、鋼《はがね》と同じで折れやすいのよ。そして、折れたらもとに戻らない。

よく見かけるでしょう、身の回りに。君が仕事をしている、あの猥雑きわまりないテレビ局においてすら、男って脆《もろ》いんだなあって思うことあるじゃない。

男でも、絶妙な「ものの触り方」をする人がいます。でも、そういうのは少ない

開高　これは俺の理屈なんだけど、こう思うんだ。男と女のことを考える場合、特に第二次大戦後は、男がやれることは女もやれるというのが大原則、事実そのとおりです。それから、男のなかにも男と女が棲み、女のなかにも男と女が棲んでいる、つまり男も女も共に雌雄同棲体であるというのも、そのとおり。

が、ここに決定的に違う点がいくつかある。小説家だから小さなことに目をつけて見ていきますが、一例として、女の指の使い方と男の指の使い方、これ、全然違う。

女は、指で触るでしょう。指を通じて、自分のエゴを、絶え間なく少しずつ注ぎ込めるもの――子供であれ、身にまとっているものであれ何であれ、そういうものを身の回りに必要としている。だから、触れるものがある限り、女は孤独になることができない。

特価品売場に行って、女のものの触り方を見てごらん。自分では気づいてないけれども、瞬間瞬間に、瞬発力で自分を注ぎ込んでいる。

阿川　自分とものとの関係をどんどんつくっていくということですか。

開高　要するに、女にとってすべてがペットなんです。だから逞《たくま》しい、孤独になれない。もちろん、女の孤独いうのはありますよ。女でも自殺する人はいます。一般論をいうておるんだ、いま私は。

ところが、男はものを利用するためにいじる。そしていっぺん何かでくじけると、そのものからすらも疎外されてしまって、本当に孤独になっちゃうの。自分を注ぎ込むものがないわけ、意識的にも無意識的にも。だから自殺する、しやすい。フックがかかりにくく、はずれやすい。

男でも、たとえばピアニストとか彫刻家とか、ああ、女の指使いにそっくりだ、と思うような、絶妙な「ものの触り方」をする人がいます。だけれども、そういうのは少ない。

阿川　男は関わり方が薄いんでしょうか。女の場合は、最初の関わりをつくっておくと、そのしがらみのなかで救われるというか……。

開高　「しがらみ」というような品の悪いいい方ではなくて（笑）、山川草木ことごとく霊あってうたいだす、とでもいいますか、女はアニムなの。「アニム」はギリシア語だかラテン語だかから来ているんだけれども、「命」ということで、アニメーターというのは、だから「命を吹き込む人」という意味。それにしちゃ近頃の漫画はお粗末だけれども。

一神教のキリスト教国であろうと、輪廻転生の仏教国であろうと、女は女なんだ。その女という共通分母をなしているもの、それがたとえばいま話した事物との関係に見られるのだということ。おわかりかな。

今度、そういうことをこってりと小説に書いてやろうと思っているんだけれども。だれか賛成するやつがいないかと思って、ときどきこの理屈を振りまわしているの。

阿川　でも、男の場合には、たとえば玩具みたいなものを集めたり、どこかへ出かけていったり……。

開高　やってます。

阿川　執着が強いですよね。

開高　ええ、自分の分身のようにね。そうではあるけれど、やっぱり触り方が違う。その質が女とは違う。どちらがいいとか悪いとか、そんなことといってないの、質の違いなの。

今度、その眼で見てごらん。自分のエゴを注入しているなという感じのものの、ものの触り方をしているのは、あんまりいないわ。妻が夫のほっぺたなりどこやらをなでるのと、夫が妻のどこやらをなでるのと、なで方が全然違う。神は細部に宿りたもう。小説神髄ですね。

阿川　じゃあ男には独占欲というものは……。

開高　ありますけれども、男には征服欲かな、やっぱり。熊を撃ったりするのと同じような……。狩猟洞穴時代の遺伝子が働くのかな。

最近、私の『王様と私』という本が出たんですが、これには、とんでもない運命に私が巻き込まれる話が書いてあります。

アラスカの喫茶店で、ある金持ちと知り合いになる。その金持ちと私がヨタヨタの英語で話をしているうちに、「お前、フィッシャーマンなら、ハンティングをやったことあるか」、「いや、ない」といったら、「俺はハンティングのための別荘を建ててあるんだ。そこへ行こう」ということになった。詳しいことは本を読んでいただくとして(笑)、このハンティングがまたすごいの。

野を越え山を越え、また野を越え山を越え、それだけでもフーフーいうのに、勢子《せこ》を使っちゃいけない、犬を使っちゃいけない。罠かけちゃいけない、寄せ餌をしちゃいけない、呼び子を吹いちゃいけない、女を撃っちゃいけない、子供を撃っちゃいけない……、ないないづくしの規則。要するに障害物競走よ。

その男は、金持ちに「ド」が三つぐらいつくような大金持ちなんだけれども、アメリカではそれでも大金持ちの中の中の中の下くらいらしい。

一つだけいっておきたいのは、そういう大金持ちの男の食生活が極端に貧しいということ。食べない、太らない。痩せていて、筋肉質で、日焼けしている。要するに、スパルタ式の生活をしているわけ。金を楽しむ生活をしていたら、金は楽しめないということです。今後、金持ちのイメージは、痩せていて筋肉質で目が鋭くて、ということになるだろうな。

その男にいわせると、俺はいくつもの会社の社長であるが、自分の欲望や肉体もコントロールできないやつが、何百、何千人もの人間を使えるか、とこうくる。あなたも夫を選ぶなら……。

阿川　出ました、男の値打ち……。

開高　いろいろあるけれども、異なれるものを求めている人、そういう男を探しなさい。何であれ、自分の現在ある状態から反対のものを求めて、それに挑んでいるやつ。こういう男がいたら、ちょっと目をつけたほうがいい。それから指の使い方ね。自殺されたくないでしょ、そんないい男に。

阿川　じゃ、指の使い方がちょっと女っぽいところのある人のほうがいいのかな。

開高　ただし、外から見たら男っぽい触り方をしていますけれどもね。彫刻家でも陶芸家でも、大工、樵《きこり》、ピアニスト……。

阿川　職人……。

開高　職人には、えてして多い。そうでなければ務まらないから。外観は男のなかの男という感じの手で触っているでしょうけれど、ものに自分を注ぎ込んでいる。「異なれるものを求めよ」というスローガンで、自分と反対のものに挑んで、それを吸収合併しようとしている男……。光り方が違いますぜ、お姫様。（笑）

開高さんと初めてお会いしたのは、このときから数年前に溯る。夫人の牧羊子さんとおふたりで、我が家へすきやきを食べにいらしたことがあった。テレビや写真でお見かけしていたより、一まわりも二まわりも大きく見えたのは、身体の大きさのせいだけでなく、声の大きさのせいだと思った。

開高さんは父のことを「大兄」とか「提督」などと呼んで食べ物や旅行の話をしながらお酒を飲み、しだいに上機嫌になるにつれ、ますます声を張り、ジェスチャーも大胆になっていかれた。そんな開高さんの様子を、小柄な夫人が優雅な京都言葉でときどきたしなめられる光景は、まるでおとぎ話に登場するクマさんとリスさんの夫婦を見ているようで、ほほえましかった。

「それにしても大兄、うちの奥さんがなぜ七つも年下の僕と結婚せんとあかんかったか、わかりますか。本当は大兄の世代が相手としては最適だったのですよ」

すると続けて開高夫人、

「ほんと、阿川さんみたいな海軍の方に私、若い頃、どんなに憧れたことか」

酔っ払った父は、すっかり喜んで、ヘラヘラと顔を赤らめ、「いやいや」なんてその場で踊り出す。と、再び開高さんが一言加えた。

「しかし、カッコいい男は皆、戦死してしまった。だから僕と結婚せざるをえなかったわけです」

「なぜ旅に出るのか」、そんなこと訊いたってしょうがない

阿川　最近は、若い男の人がどんどん中性化し、女の人は男性化していって、性の区別がつきにくくなっているとよくいわれますね。

開高　いまは、男のなかの男という感じの生き方をめざさないからね。人間やっぱり、イージーなほうが楽だから。だけど、そうなるとだめになるのよ。反対のものを求めて格闘しているやつは……。

阿川　すごく疲れますね。

開高　疲れる、疲れる。そして無意味だしね。形になって現れてこないし……。実は形になってどこかに出ているんだけれども、自分には見えない。そういう気風が日本にはないからな。先進国では失われる一方やね。

開高　このあいだフランスの、パリから一時間ほど行ったところにあるロワイヨーモンで、日仏の科学者がこもって、コミュニケーションの発達と文化とか何とかいってシンポジウムがあったのよ。俺も、何でか知らん、歯のあいだに挟まった石ころ一つというような感じで参加したんだけれど、会場になった修道院の近くにシャトーやら美術館やらがたくさんあって、ある日、それを見にいった。

するど、昔美女いま妖怪という感じのおばあさんが出てきて（笑）、説明してくれたの。この館の持ち主は何とかいう貴族だった、この男は女を愛することを知っていた、と、こういうのよ。そして、彼の愛はいまの愛とは違う、いまの愛は無関心と冷淡から来ている。アンディフェラーヌス……、うまいこといいよった。いざとなれば、自分の血を流すことも厭《いと》わなかった時代の男である、というようなことをいってね。いまのは冷たいのよ。やさしさというけれども、錆の出かかったメッキよ。

阿川　ずっとこういうふうに行っちゃうんでしょうか。

開高　ますます行くだろう。やがては反動が来ますけれどもね。社会と個人はでために動いているみたいだけど、カウンターバランスを求める癖があるの。もとのところまでは振り子は戻らないけれど。それと螺旋《らせん》ですな。いずれは反省期が来て、男のなかの男になるには……といっても、そのころ俺はもう世の中にいないからな。「昔こういう小説家がいた。何もせんでいいのに、アラスカにえらい目して熊を撃ちに行った。蒙古へ行って、断崖絶壁をヒーヒーいいながら、リュウマチにかかったピノキオみたいな恰好で上り下りしていた。自分にないものを求めて歩いていた。『異なれるものを求めよ』といっていた。いい男だったわ」と昔美女いま妖怪という感じのおばあさんが、痩せた指を振りまわしたりして……。

（笑）

阿川　そんな、こっちを見ないでください……（笑）。このあいだ、パリーダカール・ラリーに参加した夏木陽介さんに伺ったのですが、あれに参加する人たち皆が皆、来年は絶対来ないぞ、と本気でいうんですって。ところが翌年になると、必ず同じ顔が集まってくる。

開高 日本人はスポーツがそんなに好きでないから、その精神性についてはあまりいわれない。ど根性とかいうけれど、まあこれも一番目につきやすい自己克服の途ではあるけれど、本当の意味でのスポーツの精神性を、日本人は勉強する必要があるんじゃないの。

阿川 それはやっぱり、自分で経験して蓄積していかなければわからないでしょうね。

開高 そうでしょうな。「なぜ山に登るの」というような質問ばっかりしているようじゃだめですな。自分で汗してやってみれば、もう少し、男の心、女の心、男女共通の心、男のなかにある男の心と女の心、女のなかにある男の心と女の心、いろいろわかってくるんじゃないかな。

大体において、われわれは言語生活が貧困です。雑誌社もテレビ屋も、やってきては、なぜベトナム戦争なんかに、なぜアラスカに、なぜアマゾンに、と「なぜ」ばっかり。さほど悩んでいるように見えないけれど、なぜ旅に出るんだ、と訊《き》く。そんなこと訊いたってしょうがないじゃないの。あなたもときどきやっておられるようですが、お気をつけあそばせ。

阿川　はい、じゅうじゅう心しておきます。

開高　ときどき俺なんかとフレンチ・ワインつきの食事してごらん、大分変ってくるから。

阿川　近々期待しております。（笑）

（'87・5）

父とは

城山三郎

しろやま・さぶろう

昭和2（1927）年、愛知県に生れる。海軍特別幹部練習生で終戦を迎え、21年、東京商科大学（現・一橋大）入学。34年、『総会屋錦城』で第40回直木賞を受賞した。平成8年、第44回菊池寛賞受賞。ほかに『小説日本銀行』『落日燃ゆ』『静かなタフネス10の人生』『「粗にして野だが卑ではない」――石田禮助の生涯』『気張る男』など多数の作品がある。19年、間質性肺炎のため死去。

経済というものは膨大で摑みどころがなく、おまけに用語が難しいときている。ようやく一つの仕組みを理解したと思うと、その逆の現象が起きたりして、裏切られたような気持になるのだが、そこが経済の面白いところですよと、専門家はおっしゃる。

経済学を研究なさる方は、よほど頭脳明晰で先見の明があり、心は寛大にして好奇心旺盛と、経済同様に懐の深いところがなければ務まらないのかもしれない。

実際、いままで私がお目に掛かった経済学のエキスパートは、皆さん、静かな印象の方が多かったような気がする。

大学時代に受講した「日本経済史」の教授もその例にもれず、温厚な性格の方だった。授業中、学生がおしゃべりをしていると、まず、じっとその方向を見つめる。言葉や表情で怒りを表すことはなく、黙ったまま生徒を静めてしまう得意技をもっていらした。

感情的でないから講義が単調かといえばそんなことはなく、いつも経済そのものを生きた人間にたとえて話をされ、まるで講談を聞いているような気持になったものだ。

お陰で多少経済に興味をもったにもかかわらず、優しい先生だからと油断して、ろくに勉強をしないまま試験を受けたら、Cをつけられた。

その優しく厳しい教授と城山三郎さんのイメージが昔から重なってしかたがない。そのせいか、対談当日は恩師にお会いするような気分で約束の場所に赴いた。恩師は私より何分も前に到着なさっていらしたらしく、椅子に座ってゆったりとくつろがれていた。

「いえ、ほかにも用事があって早く来てしまったのですよ」

氏は、私にCをつけてくださった懐かしい教授の口調でおっしゃった。

それは、城山さんが訳された『ビジネスマンの父より息子への30通の手紙』がベストセラーになってまもなくのことであった。

阿川 城山さんがお訳しになった『ビジネスマンの父より息子への30通の手紙』(キングスレイ・ウォード著 新潮社刊)を読ませていただきました。「ビジネスマンの……」とありましたので、何かそういう方面の本かと思っていたのですが、決してそんなものではなくて……。

城山 人生論なんですね、これは。

阿川 そうですね。ときどきじーんとくるところがあって……。一通一通の手紙の最後にある「……より」なども、胸がきゅんとします。

父親から息子への手紙だということで感動するところもありますが、たとえば「君」を息子ではなく恋人に置き換えてみてもいいですよね。

それから、非常に冷静で包容力のある父親ではあるけれど、ときには心の動揺があったり、いろんな感情が読む側にも伝わってきます。

私は、『あしながおじさん』が好きなんですけれども、これはあの足長おじさんが、少女に向けて本音を吐いているみたいな、そんな感じにも読める……。

城山　いい読者ですね。親子の関係というのは、私は変っていくものだと思っているんです。最初は、人生の先輩と後輩という関係、それが次第にパートナーというような関係に変り、最後には、一方が退いていって後見役になってゆき、一方は現役として主役になる……。親子関係というのは、ですから決して固定的なものではない。そういうことがわかって読んでもらえると、著者は喜ぶと思いますよ。

阿川　「遅刻をするな」とか、「時間を守れないようじゃ、信用されない」なんて書かれてあると、ああっ、なんて思う……。（笑）

城山　人と話をするときは、相手の目を見るものだとか……。みんなそれぞれに身に覚えがあることなんですね。

阿川　息子に苦言を呈するようなときに、もし息子の立場であったら、そう素直には受け入れられないこともあるような気がします。わかっちゃいるけど、親父のいうことは聞けない……。いくつかそんな雰囲気が伝わってきて、それが人間的なところだとは思うのですが……。

城山　そうですね。でも、それは頭ごなしにいうのではなくて、相手に選択させる方向にもってゆくでしょう。そういうところが父親として器が大きいというか、懐が深い。

　それから、手紙という形式も考慮しなければいけませんね。面と向っては不可能なことが、手紙だとできることがある。日経の記者がこの人にインタビューしたとき、うちの息子はいくら口でいってもいうことをきかないので、それで手紙で書くことにした、といっていたそうです。手紙だから、充分に考えて、説得の仕方も感情的にならずに済むのですね。

阿川　城山さんご自身は、ご子息に手紙をお書きになったことは……。

城山　うちの息子は銀行員なんですが、いまニューヨークに行っていまして、もう三年になります。手紙というと、この三年間に一通だけですね。書くことがないものね（笑）。息子も、別に相談しないし……。

それぞれ世界が違うから、私のほうから忠告することもないのですが、しかしまあ、普通は大学生になった頃から、親に相談するなんてこと、あまりしないのではありませんか。阿川さんのところはいかがですか。

阿川　あまり真面目に面と向い合ったことはないように思いますけれども、大学はどういう学部にするとか、就職はどういうふうにするとか、そういうことは、父（阿川弘之氏）もわりに話したがり屋ですから……。会社勤めするにしても、ものを書くということはしたほうがいいなどと、兄にはずいぶん前から勧めていたようです。

城山　三十通の手紙、阿川さんにも書いてもらったらいい。

阿川　しかし、二言目にはいつも「馬鹿野郎！」ですから。（笑）

そうしますと、城山さんのお宅では、ご子息のことは大体、奥様経由で、ということですか。

城山　そうですね……。しかし大事なことといったって、結局、大学はどこにするとか、就職をどの会社にするか、というぐらいでしょう。結婚なんかは、男だし、事後承諾ですからね。

ただ、大学に入ったとき、一つだけいったことがあります。いまの学生はあまり勉強しないけれども、必ず勉強のできる研究会に入ること。私は一橋出身ですけれども、あそこはゼミナールが非常に重視されているところで、自分の経験からいっても、若い時期に何かに打ち込んで勉強するということはいいことですからね。それで、研究会のリストをもってきて聞くから、経済全体をみるには金融を勉強するのがいいんじゃないか、ということになり、金融研究会に入って、そして銀行に勤めた……。

阿川　お父様のアドバイスを素直に受けられた……。

城山　しかし、それだけですからね。あとは何もない。相談するに足りない親父だと思っていたのかね。(笑)

人生で一番幸せなことは、お金を使わないでやるべきことをもっていること

阿川　この本をお読みになった方から、手紙や反響がたくさんおありだったと思いますが、いかがですか。

城山　父親の年齢層の方からの手紙が多いですね。自分は子供に対して、実はこういうことがいいたかったのだ、伝えたかったのだ、という内容のものが非常に多かった。ですから、日本の父親たちもそれぞれに子供のことを考えていて、この著者に負けないくらいいう内容をもっているのだ、ということでしょうね。父親自身が、自分も

こういうふうに生きたかったということもあるでしょうが、そのことも含めて、自分が子供に伝えたかったことを書いてくれた、ということのようです。

それから、こんな例もありました。ご主人を亡くされた方が、子供はまだ四歳で小さいけれども、子供が大きくなったら、「お父さんは、生きていたらきっとこういうことをいいたかったに違いない」といって、手渡してやりたい……。女の人も、ずいぶん読んでいるようです。

阿川　このあいだ、ある信託銀行の社長さんにインタビューする機会があったのですが、たまたまこのご本の話になりましたら、社長さん、お読みになった翌日に、管理職全員に配られたそうです。

城山　日本には、先輩と後輩、上司と部下というような、疑似親子関係がありますからね。それで読まれるのでしょう。カナダでは多少売れているらしいですけれども、アメリカでは全然売れていないようです。人を育てるとか、部下を育てるという発想が、アメリカでは希薄だからでしょうね。

それに、育ってしまえば、親は子のことを気にしない社会ですから。

阿川　城山さんご自身は、この本で一番いいなあと思われたことはどんなところでしょうか。私は、最後のところ、宴会で料理が回ってくるのを、もの欲しげに見るな、というのが、何かこの本の内容を象徴的にいっているように思ったのですけれど……。

城山　そうですね。晩年には、カナダの静かな大自然のなかで、カヌーを浮べてものを考えたい、ということをいっていますね。非常に活動的なキャリアをもっているわけですけれども、人生が静かに完結していくことを願っている……。

そして、この人は卑しさというものから遠いですね。最初のところで、人生で一番幸せなことは、お金を使わないでやるべきことをもっていることだ、といっていますけれども、これは要するに、もの欲しげでない人生ということですよね。

そういうところ、実に感動しますし、読んでいて安心感があります。

阿川　先ほど、ご子息とはあまりお話しにならないということでしたが、日本の父親というのは、いいたいことはあるのに、それをいわずに済ませる場合が多いようですね。やっぱり照れくさいということがあるのでしょうか。

城山　それはある。何よりもそれだろうね。それと、いまの世の中、何かまっとうなことをいうと、あれはダサいと……。（笑）

阿川　しかしどうなんでしょうね。本当にダサいと思っているのか、それとも実は愛情に飢えていて、心のなかでは強く叱られたりするのを待ち望んでいるのか……。若い人――なんていういい方を私もするような年齢になったのですが（笑）、彼らは親と衝突することがないというのです。

城山　昔はよく親子で取っ組み合いの喧嘩なんていうのもあって、それはそれでまた問題もあるのですけれども……。

親に叱られた思い出といえば、こんなことがありましたね。幼稚園に入る前、三、四歳のころでしたか、友だちと一緒に、排泄物の名前を面白がって何度もいい合っていたんです。そしたら父が突然、大きな風呂敷におもちゃを全部包み込んで私に渡し、「出ていけ」といった。こういう叱られ方ははじめてでしたので、ショックでしたね。

それから、本棚に本を天地逆に入れておいて、非常に怒られたこともあります。父はそんなに本が好きな人ではなかったけれども、本というものは大事なものなのだということを教えられました。

考えてみると、そんなことが積み重なって、その後の私の人生に影響を与えているような気がしますね。

大きくなってからは、私が学校を選ぶときも何もいいませんでしたし、家の跡を継げとも一言もいわなかった。商家だったのですが、本ばっかり読んでいるものですから、これは跡は継げないと思ったのでしょうね。幸いに、十歳違いの弟がいて、これが社交的な性格だったものですから、そっちのほうがいいと思ったんでしょう。一橋を出てから、学者になりたいといったときも、「ああ、そうか」といったきりでしたね。

もっとも、母親には、あれはしょうがないやつだ、跡を継がせたいと思っていたけれども一橋に入るというし、それでは三井か三菱にでも行くのかと思ったら学者になりたいというし……、といっていたそうです。

しかし、本人には一言もそのことはいわなかった。いわれると私は気にするほうだし。だから、息子にも、聞かれない以上は何もいわないという立場でやってきました。

阿川　昔からある日本の父親像は、そういう感じでしたよね。私の父は、異常なくらいよくしゃべるんで……。（笑）

このあいだ、塩田丸男さんが『父親の一言』と題して書いておられましたが、かつて塩田さんが出征なさったとき、そばに寄ってこられたお父さんが何か落ち着かない感じで、「まあ、元気で行ってきなさい。私は仕事があるから、じゃ」といっただけで、すたすた帰ってしまわれた。なんて薄情な父親だろうと、お父さんが亡くなられたあともずっとそう思っていたのだそうですが、後に何かのきっかけでそのときのことをお母さんと話す機会があった。お母さんがおっしゃるには、それはお前の思い違いだ、私もあの日、「もう少し何かいってやったらどうなの」と文句をいったのだけれども、お父さんは、「もし自分があそこにいたら、近所の人が集まってきて万歳三唱になっただろう。息子が死ぬかもしれないというのに、父親としてそんなことに耐えられるか」。

それで塩田さんは、ぐっときた、と書いておられました。

父親というのは、そんなに我慢しなければいけないのか……。

城山　戦争中ということもあったんですね。私の場合は、母が近所の人と一緒に笑顔で送り出してくれて、だから母はそれを望んでいたのだろうと思っていたのですが、あとで妹から、私が行ったあと母は一晩中泣いていたと聞きました。

阿川　最近よくいわれる父権失墜についてはどう思われますか。このあいだある方に伺いましたら、その理由の一つに、母親が子供の前で、「あなたって、どうしてこうだめなの。靴下一つ取りだせない。酔っぱらって帰ってくるし、部屋の掃除もできない」といつもけなしているものだから、けじめけじめのところで父親が子供を叱ってみたところで効果がないのだ、ということがあると……。

城山　そうだと思いますね。昔は、夫婦のあいだで夫を立てるということがありましたけれど、最近は友だちみたいな夫婦が増えてそういうことになるのでしょうね。村上龍さんの父上がこんなふうに書いています。父親は、母親が立てなくてはいけない。たとえば、お母さんはできないけれども、お父さんは押し売りを追い返したとか、煙草の煙で輪がつくれるとか……。何でもいいんです。「お父さん、ああ、すごい」といってあげるべきだ。「何をつまらないこと、威張ってんの」といっちゃったらだめ。（笑）

煙草の煙で輪をつくるって、子供にとってやっぱり驚きだと思うよ。

阿川　しかし、こんなにいろいろな情報が交錯する世の中では、そういうのは難しいですね。

城山　そうなんでしょうね。

私はいろんな経営者に会いますが、たとえばソニーの井深大さんは、小さいときにお父さんを亡くしておられるんです。未亡人になったお母さんは、井深さんを博物館などによく連れていってくれた。お父さんは理科系の人だったから、生きていたらきっとこういうところへ連れてきただろうということでしょうが、そういうときよくお父さんの話をしてくれた。井深さんは、父親というものはなんていいものだろう、と思ったという。

それで、母親が再婚するときも全然反対しなかったそうです。実際には、義父はとても厳しい人だったらしいのですが、そういうことがあるのですよ。

阿川　父親のイメージをつくるという……。

城山　ええ。子供のときから父親の悪口ばかり聞かされていれば、大したことないんだということになってしまう。

阿川　でも、いつか気がつくときは気がつくのでは……。

城山　年とともにね。

私の読者に女性は少ないのですが、たまにそういう人たちと読書会などしますと、私の小説には「とても魅力的な男たちが登場する、それであと何冊か読みました」という。そのあと、「ところが、うちの旦那ときたら……」。そうではないんですね。疲れきって帰ってきているんです。だからテレビしか見ない、だからビール飲んでひっくり返っているのです。帰宅して元気はつらつなんていうほうがおかしい（笑）。そうでしょう。

阿川　そう理解したいと思います。（笑）

私なんか、小さいころから父は一日中家にいて、そのころはまだ着物を着たりしてちゃんとしていたのですが、そのうちにピンク色のパジャマを着て家のなかをうろう

ろしたりするようになり、弟の友だちが来て、「お父さん、病気?」なんていわれて……。(笑)

一日中家にいるものですから、親子のコミュニケーションはとれすぎるくらいとれて、だからぶつかることも多く、父みたいな人とは結婚したくない、父と同じ職業の人はいやだ、父と同じ職業に自分もなるのはいやだ、そんなふうにずっと思っていました。

それが高校時代に、あることで先生に「お父さんに性格がそっくりね」といわれて大ショック。こんなに反発していた父にそっくりなのかなあ、とすごくショックでした。

大物といわれる方に会うと、名もない父親の偉大さを感じる

城山 いろんな人に会って思うことは、親の影響というのは実に大きいものだということです。教えた教えないは別にしてね。

たとえば、三和銀行の前の頭取をなさった赤司《あかし》さんは、非常に立派な経営者で、文学のこともよくわかる方なのですが、お父さんはこういう人だったらしい。お医者さ

んで、瀬戸内の無医村に志願して行くのですけれども、急患があるときは、夜中に二度でも三度でも飛び起きていく。部屋にはドストエフスキーやジイドの本がいっぱい置いてあって、時間があるとそれらの本を読んでいた。

赤司さんは、そういう父親を見て育ったのですね。だから、医者にこそならなかったけれども、終戦後は田舎で私塾を開こうとするなど、そのお父さんの姿がずっと頭のなかにあり続けたと思います。

あるいは三井物産の前社長、現相談役の水上さん（当時）は、これとはまた違ったタイプのいいお父さんをもっておられた。非常に厳しい人で、毎日夕食後、修身か何かの本を読ませて、水上さんが居眠りなんかしたら叱りとばされたという。

面白いのは、水上さんが商大へ行きたいといったときのことです。父親は渋ったのだそうです。「でも、行きたい」、「それなら、学資は出すけれども、うちはそんな余裕はないんだから、卒業したら返せ」。息子のほうも、「学校に入ったはいいけど、学資が途中で絶えちゃ困るから、六年間は必ず送金すると約束してくれ」。そこで、親子のあいだで長期の金銭貸借契約を、お兄さん立会いのもとにやるのです。

水上さんにいわせれば、長期契約の大事さが、そのときによくわかったというのですね。

みんな、名もない父親たちです。しかし、大物といわれる方たちに会って感じるのは、そういう父親たちの偉大さですね。

阿川　父とのことを思うと、私は男でなくてよかったと思ったりします。娘とでもこれくらいなんですから。まあ、性格的なこともあるでしょうが、私の性格で男であったら、父を意識しなければいけなくて、とてもつらいだろうと思いますね。

城山　多少似た仕事についているからではありませんか。うちみたいに、小説家と銀行員では、それに性格も正反対ということもありましょうけれど、そういうことはありませんね。あなたの場合、かなり近い世界にいるから、お父さんを意識するでしょうし、お父さんもきっと意識していると思うよ。

阿川　父は、先ほども申しましたけれど、何かしらの形でものを書けと兄によくいっていました。兄は逃げ回っていたのですが、最近になって、少し書く仕事がありまして。そしたらもう、父は入れ込んじゃって、というかチェックしたくてしょうがない。自分の世界に近いところに子供が来るということは、父親にとってうれしいことなのかな、と……。これ、オフレコにしたい。（笑）

城山　それはどうだろうね。知らない世界同士のほうが、お互いに気楽ということもある。なまじ知っていると、気になるでしょう。

阿川　あそこに落し穴があるとか、わかっているから……。

城山　うれしいというより、心配なんだよ。ハッピーな顔していうんですか、見せろって。

阿川　私が原稿の段階で見せたことがあるんですが、それこそ、真っ赤になって返ってきちゃった（笑）。一字一句、全部直したくなるらしいんです。これじゃあどうしようもないと思って、あるときから見せるのをやめました。活字になって父の目につくのはしょうがない。そうすると、電話がかかってきて、「読んだぞ」、「はい」、「何ページの何行目」、「はい」てなことに……。（笑）

城山　志賀直哉の影響で、阿川さん、文章に厳しいものね。

阿川　厳しいというか、いやがらせが楽しい……。

城山　やっぱり、娘だからだろうね。おそらくお兄さんに対しては……。

阿川　いや、兄に対してもそうみたいです。（笑）

城山　そうですか。それではやっぱり、いよいよ書いてもらわなければ……。（笑）

阿川　いかにおかしな親子かという……。

城山　私なんか、息子のときも娘のときも、結婚式の前日まで仕事で遠くへ行っていましてね。娘のときにこんなことがありました。四国に行っていて、明日の結婚式に間に合うよう帰ろうとしたら、嵐。タクシーで空港に向ったのですが、運転手が「旦那さん、東京ですか」、「うん」、「明日は大安だから、東京で結婚式に出席するお客さん、何人も送ったよ」、「私もそうなんだ。しかしこの雨じゃ、あまり行きたくないなあ」、「どなたか知ってる方ですか」、「いや、娘の結婚式だ」（笑）、「そりゃ、旦那、行かなくちゃだめですよ」。

運転手のほうが真剣になっちゃって、もし飛行機が出なかったらどういうふうにすればいいとか……。（笑）

阿川　クールでいらっしゃるんですね。

城山　いや、それが普通だと思っていた。

世の中は運命的に「お世話する人」と「お世話される人」の二つに分けられるのだという。そういったのは私の友人で、大した根拠はないのだけれど、城山さんとお会いしたら、その説が正しいような気がしてきた。

そもそもこの対談は、私が城山さんにインタビューするのであって、私が城山さんにインタビューされる場ではないのである。にもかかわらず、対談中、何度軌道修正しようとしても、いつのまにか私が自分の話をしてしまっている。聞き下手であることは、前々から自覚してはいたけれど、こんなにひどい結果になったのは初めてである。

そして更に困ったことは、私がそのことについて反省するどころか、むしろ城山さんに質問されることを心地良く思っていたことである。

「それで阿川さんは？」

そうおっしゃるときの城山さんの目は、そこはかとなく優しく、

「ふーん、そうなの。面白いねえ」

そう頷《うなず》かれる城山さんの表情は、たとえようもなくあたたかい。

そんな城山さんの前に座っていると、自分の悩みや愚痴や喜びをすべて打ち明けたくなる。この方に「お世話されたく」なってしまうのである。

きっと城山さんは、ご自身が意識なさらないうちに、これまでも数限りない多くの人たちのお世話をしていらしたに違いない。

阿川　私、城山家の娘ならよかった（笑）。結婚式のときはいかがでした。世の中、父親が泣くのを期待していますでしょう？

城山　絶対泣くまいと思って、泣かなかった。（笑）
阿川　それが男らしさ……。（笑）
城山　いや、構えてたからね、泣くまいと。（笑）
阿川　本当は泣きたくていらしたんですか。
城山　披露宴の前の式のとき、白無垢というの、あれ着て目の前に現れたときは、「ああ、いくのか」という感じで、ほろっとしたね。いや、あれはクリスチャンで、礼拝堂で式を挙げたから、ウエディング・ドレスだったかな。
阿川　白無垢かウエディング・ドレスかの区別もおわかりにならない……、大丈夫かな。（笑）
城山　ほろっとしたのはそのときだけ。阿川家の結婚式、楽しみだね、出席したいね。
阿川　実現しませんから。
　私の世代というのは、披露宴が急に派手になったのですね。父は、それにものすごく反発して、別に私がやりたいといっているわけでもないのに、「お前がお色直しなんかやるといい出したら、俺もやる」。随筆にも書いているんですが、娘がお色直しするというなら、自分もお色直しして、みんなにいやがらせに見せてやる、海軍士官の恰好をして、ぐるっと回ってやる。（笑）

人に会うたびにその話をするものですから、「僕も乗ります」という人がいっぱい出てきちゃって（笑）、北杜夫さんは阪神タイガースのユニホーム、遠藤周作さんはドン・ホセだったかなんだったか……（笑）。本人、それが楽しみになりはじめちゃったらしいんですが、私のほうがなかなかそうはいかないものですから、最近は諦《あきら》めていますけど……（笑）。お嬢さんの結婚には、反対なさったりは……。

城山　しません。

阿川　干渉なども……。

城山　何もしない。世界が違うし、年代が違うし、時代が違うでしょう。人生、何がどうなるんだかわからないし……。

縁談なんかもち込まれますよね、しかし、娘がそういうのに関心がないなら、そういうのは取りつぐな、と、そういうことはいいましたけれどもね。それは当り前のことでしょう？

阿川　お子さんもちゃんとご自分の考えをもってお歩きになるから、ご両親も安心して……。

城山　いやあ、自分の考えがあろうがなかろうが、結婚もするし、就職もするよ。

阿川　そうでしょうか。

城山　しかし、楽しいね、阿川家は。お母さんは何もいわない？

阿川　父ががあっと怒っているときに何かいうと、「全員出ていけ」になりますし、だいたいお前の教育が悪いんだということになって、母に出ていけということに……。ですから、よほどのことがないかぎり黙っている。しかし黙りすぎてもよくない、「その目は何だ」とくる（笑）。だから「はい、はい」と適当に……。（笑）

城山　舷燈《げんとう》だね、舷《ふなべり》で瞬いているんだね。『舷燈』だったでしょう、お父さんがお母さんのことを書いた……。あれ、いい小説だったたね。

（'87・7）

男と女とは

渡辺淳一

わたなべ・じゅんいち

昭和8（1933）年、北海道生れ。札幌医科大学医学部卒業。医学博士。45年『光と影』で第63回直木賞を受賞。55年『遠き落日』『長崎ロシア遊女館』で第14回吉川英治文学賞を受賞。多数の作品があるが、『小説心臓移植』など医学に材をとったもの、『女優』『君も雛罌粟われも雛罌粟』など評伝もの、『ひとひらの雪』『失楽園』など男女の愛の葛藤を描いたものの三つのジャンルに大別される。平成10年、札幌に渡辺淳一文学館が開設された。26年、前立腺癌のため死去。

阿川　渡辺さんはかつてお医者さままでいらっしゃったわけですが、小説はそのころから書きためておられたのですか。

渡辺　医学部の学生のときからときどき書いていました。医の現場というのは、患者さんを通して人間の本音、本当の姿がよく見えるところでね。たとえば現代の知性といわれるような立派な人でも、病気になると知性のかけらもない、ただのエゴイストになったり、逆にふだんあまり顧みられることのないような人のほうが、みんなのことを考えて我慢強かったり。人間というのは、オーバーにいうと、そういう極限状況にあっては、教養や知性なんて関係ない。

もともと医者の役目はただ病気を治すだけなんだけど、患者さんは傷だけでなく心の底までも見せてしまう。ひどくわがままな面をさらけだしてしまうんです。だからそういう面にすごく感動し、人間ってこんなものなのか、ふだんきれいごといっていても、それとは関係ないんだなあと……。衣食足りて健康な人のいうことなんて、およそ当てにならない。わがままが悪いっていうんじゃなくて、人間の本当の姿に対する感動のようなものでね。きっと戦争のときも、いろんな人間の内面が覗《のぞ》けたと思うんですよ。

阿川　お医者さままでいらして、人間に対する興味を小説に書こうと思ったのはまったく自然の成り行きだった、と以前何かに書いておられるのを拝見しましたけれど、そういうことだったのですね。

渡辺 人間って、すごく善良なのから悪いのまでいっぱいいて、素敵だよね。

阿川 人間がお好きなんですね。

渡辺 大好き。なんといっても人間は変るからね。すごく真面目な人がとんでもない悪いことをしたり、とても清純な人が淫乱になったり、変貌するところがチャーミングで面白い。あんなに好きだったのに、いまはこんなに憎んでいる、とかね。

阿川 好きなときは、一生好きでいられるような気がするけれども……。どうして気持って変るのでしょうね。

渡辺 その変るところが素晴らしいんだよ。

阿川 なるほど、素晴らしいと思えばいいんですね。

渡辺 だからこそ喜びや哀しみがあり、進歩もあるので。

阿川 渡辺さんご自身、豹変なさるようなことはおありですか。

渡辺 しょっちゅう。一日のうちで何度も変る。

阿川 じゃあ、いつもこんなふうにクールでいらっしゃるわけではなく……。

渡辺 もちろん、自分でも呆れています。でも、女性ほどは変らないね。(笑)

阿川　渡辺さんの作品のなかで、『化身』は、日経新聞に連載されたということもあると思いますが、ずいぶん男性の読者も多かったというふうに伺っております。作者として実際にどんな反応を受けておられますか。

渡辺　『ひとひらの雪』を書いた辺りから、男性の読者が増えたようですね。つまり、この辺りから、男を主人公にして男のいやらしさというか、本音を書きだしたのです。それに対して、女性からは手紙などで批判が来るようになりました。最近、先生の書く男性はいやらしい、前のような素敵な男性の登場する小説を書いてくださいって。もっとも女性でも、男女のことをよく知って経験している人は、最近のもののほうがいいといってくれる人もいるけれど……。

阿川　リアリティーがありすぎると、女性の場合は……。

渡辺　男に夢を見ていたいんだね。だいたい小説は、女性を主人公にすると、概して男をきれいに書けるんです。女の目から見る男しか登場しないわけだから。男が女とつきあっているときというのは、みんないいところしか見せないから、女の目には美しく映る。強くて、爽やかで、優しくて、包容力があって、女性が求める王子様でも書ける……。

だけど四、五年前から、女主人公の視点から小説書くのに疲れちゃってね。
阿川　女性心理を書くのにお疲れになったんですか。
渡辺　僕は男だから、ずうっと女形をやっているとすごく疲れる。役者は舞台の上だけだろうけれど、小説に書くときは四六時中、こんなとき女はどう考えるか、どう行動するかと考えるわけだから。
それに所詮、男が書く女なんて嘘っぽいんじゃないかと思いはじめて……。いくらうまく書いても、生れついてからずうっと女をやってきた女流作家にはかなわない。これは女流作家が書くと、男主人公に甘いのと同じでね。もっとも女性は賢いから、あまり男を書かないけど。そんなわけで、これからは自分と等身大の男を書こうと思って切り換えたんです。――これが一番楽だから。
まず『愛のごとく』を書き、それから『ひとひらの雪』、『化身』と書いてきた。僕と同じ世代の男を主人公にして書くと、そのなかに女が登場してきても、その男の目に映る女ということに限られてしまう。
阿川　そうすると、今度は女性が美しくなる。
渡辺　そう、きれいに書けます。それに対して、小説を書くというのはあくまで本音を探る作業だから、男を書く場合、男である僕のなかに潜《ひそ》むずるさやいやらしさ、好色、いいかげんさ、優柔不断さなどを追い詰めることになる。だから女にとって素敵な男は書けない。

女流作家の書いた女が女性読者に何となくいやがられるのは、やっぱりリアリティーがありすぎて、夢がなさすぎるからだろうね。

僕の書く男も、本音をえぐりだすとどうしてもいやらしくなる。女の人が心に夢見ているのは、そんな男じゃないんだね。

阿川　でも、渡辺さんがお書きになっている男たちの優柔不断さとか身勝手さは、何かしら好感がもてるというか、わかるなあという感じで読めちゃうところがあるんですけれども……。（笑）

渡辺　そういう人がいるとうれしいね。（笑）

阿川　すごく本音という感じがするので……。実際に自分がそういう状況に立たされたらどうかわからないけれども。

渡辺　あなたはもしかすると、お父さんの可愛い身勝手さを見ているから、よくわかるのかもしれない。（笑）

男というのは、女の人が思う以上に女々しい部分がたくさんある。男は嫉妬なんかしないと思っている女性がいるらしいけれど、嫉妬の総量は男も女も同じじゃないかな、嫉妬の対象が男と女とで多少違うだけであって。

阿川　程度問題ですけれど、嫉妬心もほどほどになければ淋しいと思うところが、人間にはあるんじゃないでしょうか。自分の想う女性が自分にちょっと嫉妬を感じている、というのを楽しんだりするところが男性にはあるのではないですか。

渡辺　それは女も同じでしょう。

阿川　そうですね。でも、女性のほうがわりに露骨に表現する。

渡辺　男は表向き、嫉妬なんかしないとされてきたところがあるからね。たいへんだね、男は。無理に嫉妬しないポーズをとらなければならないから。

阿川　ご自身は、抑えきれないような嫉妬心をもたれたことがおありですか。

渡辺　昔、女の子に逃げられたとき。その女の子、絶対不幸になってほしいなんて思ったから。（笑）

阿川　へぇー、怖い。（笑）

渡辺　怖いって、男はみんなそうですよ。女の人だって、自分を振った男が幸せになって、ああよかったわ、なんて思うかな。（笑）

男女のことは、経験がないと書けないし、お金もかかるし（笑）

阿川　女性を書かれるとき、たとえば街なかや旅先で見かける女性からイメージをもつというようなことはおありですか。

渡辺　変な話だけど、女性は、身近に関係した人しか書けない。いまあなたとこうやって話をして、あなたを書けるかといわれると無理です。肉体関係から表と裏の全部を知らないと、人間の厚みが出せないから。

人間、いざ関係してみると、まるで違うということがたくさんあって、表と裏も見えてはじめてその人間の厚みがわかるわけで。

阿川　でも、大体、想像がつくということも……。

渡辺　いや、まるで違うことがあるから。

阿川　そんなに違うものですか。

渡辺　みんながそうだとはいえないけれども、肉体関係ができるということは非常に大きなことだし、そこから深まっていく愛とか、馴れ親しんだあとで表に出てくる本性みたいなのがあるでしょう。

阿川　幻滅ということもありますね。

渡辺　もちろんそういうこともあるし、逆に意外な良さを発見することもある。それはわからないね。

阿川　難しいな……。

渡辺　考えようによっては難しくない。ただ、男女のことは、頭では書けないところがちょっと難しい。頭が良ければ書けるというものではない。論理やデータで書くものじゃないから……。

阿川　すべて経験……？

渡辺　というより感性でね。五感で触れ合ったところで書くものだから……。図書館で調べたって、資料集めたって、男や女は表現できないでしょう。

阿川　それはそうですね。自分のフィルターを通さなければいけないものというのは……。

渡辺　それも、表面のおつきあいではなくて、もっとどろどろしたフィルターを通さなければ、リアリティーある人間は書けない。

阿川　じゃあ、たいへんですね。体力がいりますね。

渡辺　そうそう体力です。それから好奇心。だから年とった作家は、男女ものを書かなくなるでしょう。とくに現代風俗なんか追えなくなる。

僕もいまはもう、二十歳前後の女の子を書くのが苦しいね。その年齢の女の子の生態を書くには、彼女らと二時、三時まで六本木なんかのディスコで遊ばないといけないでしょう。そこで眠くなるようでは、もう書けないということなんだ。（笑）

阿川　そうすると、渡辺さんは書こうというお気持と書かねばならぬというお気持から、夜中の二時、三時までディスコで……。

渡辺　好奇心があったからね。でもそろそろ難しい。

男女ものを書く作家は、基本的に女が好きじゃないとだめだよ。限りなく好きでなければ書けないな。その点、僕は少し疲れてきたんで、そろそろやめたい。（笑）

阿川　じゃあ、何か別の構想がおありですか。でも、まだまだ……。

渡辺　まだ少しはね。でもこれからはだんだん嫉妬とか、はては不能までテーマにしたいね。これ真面目なんですよ。

谷崎（潤一郎）さんは最後までその辺りが好きだったから脂が抜けずに書いたでしょう。川端（康成）さんも好きだったと思うけど、川端さんの目なんか、いかにも好色の目でしょう。じいっと見ていて……（笑）。見ながらたくさんのことを想像していたんだと思うね、淫らなことを。

阿川 渡辺さんもそうですか。

渡辺 僕もそうなんだけど、いまもいったように、だんだん疲れてきて……。これがどうでもよくなると、作家生命が終る（笑）。そこがたいへんだね。現代小説で男女ものを書き続ける作家が少ないのは、そのせいだね。やはりある程度経験がないと書けないし、それにお金がかかるし（笑）、税務署はそれを経費として認めないし……。

カマトトぶるわけじゃないけれど、なにやら話の方向がそういうことになってきて、ここらへんで私はかなり戸惑いはじめている。

その日、渡辺さんは美しい秘書の方を一人連れて、のっそりと現れた。はじめのうちはお話が弾まず、ちょっとご機嫌斜めなのだろうかと緊張したが、話題が「体験的創作」の部分に入るあたりから、しだいに笑みがこぼれるようになられた。これも渡辺流「豹変」の一つなのだろうか。

しかし、どうも落ち着いて考えてみるに、渡辺さんはこういうストレートな話題をもち出して、聞き手がうろたえるのを楽しんでおられるようなのだ。

よし、負けてなるものか。そりゃ私は渡辺さんほど異性に精通しているわけではないけれど、男女の話が一人前にできないような女と思われては、女がすたる。

この際だから、じっくりと伺って男の本質を探る必要がある。これからの我が人生にとっても、たいへんに重要なことだと、覚悟を決める。

阿川　渡辺さんのお好きな女性のタイプというのは……。

渡辺　あなたみたいなのが近い（笑）。まあ基本的には清潔感があって、聡明で気の強そうな人。もっともそれならだれでもいいというわけではなくて、そこから先また何項目にも分れる。このそこから先というのは、深い交わりをしないとわからないところもあるから。もちろん、相手の好みもあることだし……。

阿川　以前、ある本で、欧米人がもつ美人像と日本人がもつ美人像とは違っていて、たとえば人形も、アメリカのは頭が小さくて八頭身、胸のふくらみがあって曲線美、ところが日本ではそれをそのまま輸入しても全然うけない。目が大きく胸はぺちゃんこに少女っぽく改良し、売れ行きが伸びたというのを読んだことがあります。いまのアイドル・タレントの第一条件も、美しさよりかわいさなんだそうです。

日本の男性には、もうできあがっていて美しいものに対する憧れより、『化身』の霧子じゃないけれども、ぱっと見た目には野暮くさくても、これは磨けばきれいになる幼さの残る女性のほうがいいという心理があるのでしょうか。

渡辺　オーダー・メイドがいいか、ハーフ・メイドぐらいがいいか……(笑)。人それぞれじゃないかな。でも、男には大体、無垢《むく》な女性を自分好みに仕立てあげたいという欲望はあると思うな。男性の処女願望もその一つだし、嫁入りの白無垢は、何色にでもあなたの色に染まりますということで、結局、男の願望を逆手にとっているわけでしょう。

でもいまは逆に、もたもたしていたら男が女に染められちゃう時代だけれども。昔の男性優位時代の男の願望は、それでも尾を引いていると思うね。ただ、できる能力がある人とそうでない人がいる。経済力とかカリスマ性とか、指導力、自信をもっていれば、一人の女を自分に惚れさせながら自分の意のままに教育できるかもしれない。できればそうしたい、と男はだれでも思っているでしょう。とくに自分のワイフなんかに。男にとって、それが一番深い愛の表現であるということもあるし。

逆に、女の場合は好きな人の好みの女になりたいという……。それがお互いにぴったり合うときはうまくいくだろうね。

阿川　でも、変貌する。それを束縛と思うようになる。

渡辺　霧子の場合はね。あれだけ教育して逃げられるんじゃたまらんという人もいるし、教育しただけで満足という人もいるだろうな。

阿川　ちょっと「マイ・フェア・レディ」みたいな感じがしたんですけれども。

渡辺　あれよりは生々しいけどね。

阿川　『化身』では、そういう男性の願望と、それが思惑どおりにはいかないのだということをおっしゃりたかったのですか。

渡辺　そんなことじゃなくて、『化身』は、一人の男がもつ業《ごう》を書きたかったの。女には女の性《さが》があり業がある。男にも、雄《おす》であるがゆえの、どうしようもない性があり業がある。

たとえば、一つの愛に定着できないというのも男の業だね、女に比べて。

阿川　そうなんですか。

渡辺　もちろんそうですよ。それはもって生れた男の性癖なのね。ところが、これが女にはわからない。女と同じだと思っている。

阿川　同じであってほしいと願望している……。

渡辺　史子という、あんなに素敵な女性がいるのに、男はどうして若い未熟な霧子を好きになるのかと、ここで女性の読者にはついていけない人が多かった。男にとっては、史子がいて霧子にも目がいくというのは当り前のことで、これは既知の部分で説明がいらないんだけど。

女の場合、好きになるとその人一人に集中してしまう。そういう集中力があるゆえに、いやになると全部いやになる。オール・オア・ナッシングの傾向が強いね。

阿川　前にある人にいわれたことがあるんですが、女性は相手の男性にすべてを望む、つまり性格も優しくて、経済力もあり、能力もあることを一人の男に求める。それに対して男の場合は、この女にはこの部分を望み、あの女には別の部分を望む、だから男は一人の女性に対してそんなに厳しくない、と。

渡辺　そう。早い話が、女は、頭も悪い、育ちも悪い、教養もないけれども、顔だけ桁はずれに良ければいいという男もいる。その部分の評価だけで納得するけど、女は全部を求めて、全部を好きになるから。

阿川　すごく厳しくなるから、だからそれがだめになったときナッシングになっちゃうんじゃないですか。

渡辺　女の場合には、深い関係に入ると、そこから男が全部良く見えてくることがあるでしょう。僕が性愛をたいへん大切なものに思うのは、セックスすることによって深まる愛があるからでね。いやな男で、泣く泣く強姦のように関係したけれども、その男と肉体関係を重ねているうちに、そういう荒々しさのなかの男の優しさがわかってきて、やがてべた惚れになる。いやだった男を全身全霊で好きになるということがありうるんだね。そういう変貌をするから、人間って素敵なんだ。そういう経験ありませんか。

阿川　ないです。まだ。（笑）

渡辺　もったいない（笑）。これだけは、勉強をいくらしてもわからないからね。

肉欲というと汚く聞こえるけれども、セックスというのは、ほかのもろもろのことを全部濾過《ろか》しちゃう凄みがあるでしょう。

阿川　でも、深くなっても、男性の場合は持続性がないんでしょう……。

渡辺　そんなことはない。会話だけだともっと持続性がないよ。記憶に残らないでしょう。百聞は一見にしかずというでしょう。だけど百聞はワン・セックスにおよばず（笑）、ともいえるから。

美しい盛りは愛人がいい。しわ寄ってきたら、自殺する

阿川　じゃあ、男は結婚なんかしないほうがいいのではありませんか。

渡辺　うん。だけど、結婚は一種の保険、安全保障みたいなもので、いつか心が弱ったり体が衰えたりしたときのために同伴者が必要なんだね。それは女も同じで。

セックスや愛に関しては愛人関係のほうが色濃いけれども、経済力や若さがなくなったときに困る。夫と妻では、どちらかが惚《ぼ》けても一応最後まで責任をもってみてくれるという暗黙の了解があるけれども、愛人の場合はそうはいかない。老いたとき、心弱ったとき、だれかにいてもらうためには、やはり結婚が無難じゃないかなと。

男の子が二十七、八歳で結婚するのも理由があるんで、大学出たてのころは、将来、自分は大物になれるんだなどと気負いたっているけれども、勤めていると会社ではワン・オブ・ゼムということに気づき、しょっちゅう上役に叱られてばかりいるようになると、一緒にいて励ましてくれる妻が欲しいと思うようになる。一種の下支えの保険なんだね。

あなたもやがて、ふっと孤独を感じたときや、ご両親がいなくなったときに、多少問題のある男だけど、それでも、そばにだれもいないよりはいたほうがいいと思って結婚に踏みきるときがあるかもしれない。

人間いいときばかりじゃない、そのときのために保険に入っておこうというのだけれど、これはずいぶん高い保険料かもしれないね。しかも一度入ると、容易にやめられないから。(笑)

阿川　女性にとってはどっちが分《ぶ》がいいのかしら、保険に入るのと愛人でいるのと……。

渡辺　美しい盛りは愛人がいいよね。年老いて、しわ寄ってきたら、自殺する。そういう気の強い人は愛人でいいんじゃないかな。（笑）

阿川　自殺しなきゃならないですか。

渡辺　老いても、孤独でも平気という人はそれでいいと思うけど。

阿川　きょうはいろいろ勉強になりました。差し当り伺っておいて、これから体験を積み重ねていきたいと思います。（笑）

あのとき渡辺さんがおっしゃっていたのはこのことだったんだ、とある日、思うかもしれません。

渡辺　ぜひ何度も豹変してください。女は結婚で豹変するし、妊娠・出産で豹変する。いいね、変ることができて。十カ月お腹のなかに入れておいて、出産という血なまぐさいことを経験すると、人生に対する自信が、男とはまるで違ってくる。女はやっぱり、フルコースでやってないとね（笑）。見合いでも恋愛でもいいから結婚して、子供を産んで育てて、そして離婚もして……（笑）。しかし、結婚してからの女がいいといっても、家のなかのことにしか関心なくて視野が狭い女では困るけどね。

阿川　離婚も女を変えますか。

渡辺　変えますよ。離婚に使うエネルギーはたいへんなものだよ。離婚する女はすごいね、やっぱり。

阿川　離婚した女性には素晴らしい、魅力的な人がいたりしますよね。強くなるんでしょうか。

渡辺　強くなる場合もあるし、やっぱり、一つの試練を通して視野が広くなるからね。

阿川　さっきも少しお話に出ましたが、これからは、どういうものをお書きになりますか。

渡辺　男の立場からの恋愛ものはだんだん書かなくなるだろうね。むしろ書けなくなる。今後は、ひたすら破滅に向うものを書こうと思って。

阿川　人間が、ですか。

渡辺　この男と一緒にいるとだめだだめだ、と思いながらずるずる一緒にいた、という経験ないでしょう。今度いつか、あなたがどろどろに汚れたときに一度会いたいな。（笑）

阿川　仕事場で、男の人たちのおしゃべりを聞く機会が多いのですけれども、男の人ってみんなこうなのかなって……。本当のことなのか願望なのかわかりませんが、家庭とセックスは別だとか……。

渡辺　夫と妻のあいだのセックスなんて近親相姦に近いね（笑）。いつも同じ屋根の下で暮していて興奮しろったって無理だよ。雄《おす》というのはそういうのでは興奮しないようにできているから。

阿川　新鮮さがいつも問題なんですか。（笑）

渡辺　それと未知なるもの。それからある種、緊張状態にある関係とか。もう二度と会えないとか、きょうでないとだめとか、ライバルがいるとか、そういうときに男はもっとも雄になる。

女は逆だね。巣をつくりたがる。安定したがる。それを対等にセックスしろというのは無理だよ。一夫一婦制というのは、やっぱり不自然なところがあるね。

阿川　雄は雌に、そういう雄の性癖をわかってほしいと思いますか。

渡辺　思うけど、女は自分の殻にだけ閉じこもって、理解しようとしないから、説明するのいやになって、やめちゃう。（笑）

阿川　でも、なかには利口な女性がいて……。

渡辺　利口な女性に対して進歩のない男の組み合せがいちばん安定しているかもしれない（笑）。長年夫婦でいて、まだ関係しているなんて、少し不潔じゃないかな。

（笑）

阿川　ああ、ますます結婚観が崩れていくわ（笑）。ことここに至っては、老後をどうしようかって、それだけが心配……。（笑）

渡辺　これからはいい老人ホームができますよ。

阿川　おばあちゃんも相手にしてくれるような男の人がいるところですか。

渡辺　……きょうは、何のテーマで話しているんだっけ。（笑）

阿川　一度、私の番組にもお遊びにいらしてください。あんな時間はいやだとおっしゃるでしょうけれども。（笑）

渡辺　そんなことはないけど、テレビに出ると、顔がわかっちゃってね。

阿川　あまりテレビにはお出にならないんですか。

渡辺　うん、出ない。悪いことできなくなるから。（笑）

阿川　でももう、お顔を隠すなんてこと、おできにならないのではないですか。

渡辺　いや、できますよ。この前、道を歩いていたら、「渡辺淳一さんですか」といわれたので、「違いますよ」といったら、「ああ、そう」って、行っちゃいましたよ。

（笑）

対談が終ると渡辺さんは、「さっき渡し忘れたかな」とおっしゃって、上着の内ポケットからご自分の名刺を取り出された。

「聞き足りないことがあったら電話してきなさい」

「はあ」と受け取る私のほうは、なんだかヨレヨレになってしまって、こんな不思議な対談ははじめてだなあなんてボーッと考えている最中だった。

そのあと、渡辺さんはショルダーバッグを肩にかけ、私を振り返るとニコリと笑って、

「君はチワワみたいだね」

それだけいい残してスッタスッタと帰っていかれた。その後ろ姿は、最初のぴりぴりとした雰囲気とは打って変って、元気のいいオジサンという感じなのである。

どうもくやしい。なぜか憎らしい。この気持はなんだろうと考えて、それから数日後にハタと気がついた。これが男の色気というものなのかということに。

（'87・11）

男の顔とは

辻井　喬

つじい・たかし

本名・堤清二。昭和2（1927）年、東京生れ。東京大学経済学部卒業。30年西武百貨店取締役、39年西武王国流通部門の代表、セゾングループの総帥としてリベラル派財界人のリーダー的存在となる。著書に『異邦人』『いつもと同じ春』『暗夜遍歴』『虹の岬』（谷崎潤一郎賞受賞）、『沈める城』など。平成10年にはグループ企業の役職を順次退いている。25年、肝不全のため死去。

辻井喬さんへのインタビューは、堤清二さんが建てられたホテル西洋銀座のスイートルームで行われた。その日、辻井さんは堤さんの秘書の方を連れて部屋に入るなり、

「なかなかいいホテルでしょ。プライバシーは絶対守られるようにつくってあるんですよ。いつでもご利用ください」

ゆったりと、しかしテキパキした口調で説明をなさるとソファーに腰掛け、続いてアタッシュケースから大きなメモ用紙とボールペンを取り出された。

はじめましょうかという合図かと慌て、さっそく一番目の質問を向ける。すると辻井さんは、「うーん、はいはい」と頷《うなず》きながら、チョチョッと紙に書き留めておられるのである。もしかして私がへんな言葉を使わないかとチェックなさっているのだろうか。なんだか不安になって、

「あのぅ、いつもそうやってメモをお取りになるんですか」

と伺うと、辻井さんは静かにほほ笑んで、

「習慣なんですよ。気がついたことはここにちょっとメモしておくんです」

それは、小説家辻井喬としての習慣か、それとも経営者堤清二としての習慣か。そのどちらにとっても大切な作業のようにお見受けした。

阿川　インタビューをお受けになるとき、辻井喬さんのお立場でなさるのと堤清二さんのお立場でなさるのとでは、どこかに区別をつけていらっしゃるのですか。

辻井　そうですね……、区別というか、辻井でインタビューを受けるときのほうが、堤で受けるときよりもはるかに気楽だし、自由にものがいえるという、そういう違いはありますね。堤で受けるときは、どうしても会社を代表しているという意識が働きますから、こういうことをいえば会社に差し障りがあるかなとか、いっぺんフィルターにかけてからでないとものがいえない。

阿川　辻井喬さんと堤清二さんの関係についてはのちほどまた伺うことにいたしまして、はじめに最近お書きになった『暗夜遍歴』（新潮社刊）のことですが、これはずいぶん前から書く計画をおもちでいらしたんですか。

辻井　それまでもときどき部分的に母親に類する人物は小説のなかに登場させていました。もちろん小説ですから変形して登場させています。世俗的な意味で私は母にずいぶん迷惑をかけていますので、伝記をちゃんと書かなくては申しわけないなという気持はずっと以前からありました。いっぺんちゃんとしたものを書くからねと、母にも話していたのです。

ところが、間もなく母を亡くして、それから資料を整理しはじめたのですが、伝記ではとても無理ではないかと思うようになった。伝記だと本当の姿がなかなか伝えにくい、フィクションでなければ駄目だと思ったのです。

ですから、小説のかたちで書こうと思い立ったのは、母が亡くなってからです。

阿川　読ませていただきながら、ここはどういうお気持で書いておられるのかなあと思った個所がたくさんありました。ご自身のお気持や経験をどのようにフィクションとして表現していくのかと……。

辻井　そこのところはどのようにいったらいいのかなあ……。書いているときはその世界に入っていますから、子供のことを書いていれば私は子供になっていますし、大学生のところを書いていれば大学生になっている。

ただ、その子供や大学生が、自分が体験した子供か大学生かはわかりません。だからフィクションなんです。勝手に光景や何やらが浮んでくるのですが、それが自分の体験したものなのか、想像上のものなのか、わからないですね。

阿川　私ごとで恐縮ですが、たとえば父が私たち家族のことを書くとします。フィクションとして書いているのですが、父の頭のなかでは、実際とフィクションが混ざってしまって、あとで区別がつかなくなるときがあるらしいのです。私がいったわけでもないのに、お前がいったとか……。

辻井　そういうことは非常に多いです。

阿川　家族としては非常に迷惑です。(笑)

辻井　私も、あれっ、どっちだったかなと思うことがしばしばあります。書いてしまうと、書いたことのほうが自分にとってはリアリティーがあるわけです。

阿川　作家は、主観的な眼と、それを少し離れたところから客観的に見る眼と、両方を常にもっていなければいけないということを、父は書斎から出てきて気取った顔でいったりするのですが、どこが客観的なんだろうかと……。(笑)

辻井　やはりそう思いますか……。作家にとって、だから家族は一番厄介なんです。これは事実ではないとむやみに主張する……。作家にとっては、それが事実であるかそうでないかは、ほとんど関心がないのです。自分の書いた世界が真実なのであって、真実が事実か事実でないかは、ほとんどどうでもいいことなのです。私はあんなこといった覚えはないとか、私はもっと行儀よくご飯を食べますなどといわれると、困ってしまう。(笑)

阿川　父が書く娘は、いつも「だって……」といってふくれっ面をする、泣きそうな顔をする、ひがむ、常識がない。そういう表現以外は出てこないんです(笑)。もう

少し冷静なところがまったくないわけではないのに、いつもワン・パターンなんです。（笑）

辻井　今度お会いしたら、そういっておきます（笑）。でも、美人ということになっているんじゃありませんか。少なくとも醜いとは書いていない。（笑）

あなたの話をすると目尻が下がって、あんなに優しい顔になる阿川弘之なんて、見たことのない人は容易には想像できないでしょうね。彼は〝瞬間湯沸し器〟という仇《あだ》名《な》があるくらい、何かあるとすぐカーッと怒るので有名ですが、これは危ないぞというときは、あなたの話をもちだせばいい。（笑）

十四、五年前になりますが、アジアのほうへ一緒に旅行したことがあります。そのとき、阿川さんが一緒だぞ、彼は瞬間湯沸し器だからな、というので湯沸し器をさます方法をいくつか人に教わったのですが、そのなかにこの手があったな。（笑）

阿川　それに、父は、家族についてはわりに厳しい描写をしているのに、自分については甘いところがある。

辻井　これは重大発言だぞ。（笑）

阿川　辻井さんの場合、ご自身について書くことはいかがですか、特別に意識はなさいますか？

辻井 わかりませんね……。『暗夜遍歴』の場合は、自分の立場の人間を登場させてはいますけれども、自分を書くことに重点を置いてはいませんし……。一種の狂言回し的な役割しか与えていませんので、自分のことはほとんど書いていないといっていいと思います。

ただ、この人物は、テーマの材料にはしています。たとえば、父親と息子は必ずどこか似ているところがあって、父親の運命は息子にも巡ってくるというような、輪廻の思想の体現者としての役割を担わせました。時代も違うし、父親どおりにすれば嘘になるし、リアリティーをなくしますから、次々に女の人が好きになるというようなことで似ている、というふうに書いたんだ、と私の奥さんには説明をしました。

(笑)

阿川 その、息子である小田村由雄という人物が、自分がこういうふうに感じたり思ったりするのは、父親の血でそうなのか母親の血でそうなのか、と自分を分析するところが出てきますね。そこらへんがとても興味深かったのですが……。

辻井 それがこの小説のもう一つのテーマです。人間は必ず父親と母親をもって生れてくる。ということは、何らかの形で父親と母親の影響を受けている。そして父親と母親の性格が正反対の場合は、その子供は矛盾した存在として運命づけられている。

そういう認識で書きました。

ですから、この小説は、本人像が統一した像を結ばなくて差し支えないという意識で書いています。だから狂言回しの像には分裂している面があると思います。

ご自分では、お父様とお母様と、どちらのほうを多く受け継いでいる感じがありますか。両方存じあげているからたいへん興味があります。（笑）

阿川　私としては母親に似ていたいと、子供のころは思っていたのですが、年をとるにつれて、もしかしたら私は父親の性格を多く受け継いでいるな、と自分でも思うようになったし、周囲も認めるようになりました。父はとても自己中心的ですが、そこがもっとも似ているといわれます。（笑）

ほかの人が遊んでいる時間をほとんど捨てているわけです

辻井　このあいだ、ある会合でお母様と隣り合せに座って、面白いお話を伺ったなあ。あなたが小さいころ、お父様に、俺はいまとても大事な作品を書いているんだ、家族がそばにいると気が散ってかなわんから、お前ら外にいっていろ、といわれたんですって？

阿川　ええ、覚えています。

辻井　お母様は、それならたいへんだ、じゃあ外にいっていようと、あなたを連れ出した。買物したって三時間も四時間もかかるわけではない。それでも四時間ぐらい時間をつぶして帰ってきたら、本人はグーグー寝ていた（笑）。あのときは本当に腹が立ったとおっしゃっていました。（笑）

阿川　私が覚えているのでは、とにかくいらいらするから出ていってくれというのです。ほとんど靴を履く暇も与えられない。片方の手で私を抱え、もう片方の手で兄の手をひいて、母は追い出されるような具合に出ていかなければいけなかったのです。（笑）

辻井　僕はね、お母様からそういう話を伺って、阿川弘之は偉い、日本海軍は立派だと思った（笑）。僕の場合だったら、こっちが出される（笑）。阿川さんと僕は、年は大して開いてないのですが、世代の差ですね。僕は戦争にいかなかったし……。

僕の世代は、そんならあなたが出ていらっしゃい、はいすみません、といってペンと原稿用紙をもって自分が出ていく。家へ帰ったら、奥さんが友だち呼んでお酒を飲んでいたなんてことに……。（笑）

阿川　出てゆかれても、ご自分のことがちゃんとおできになるからだと思います。父が出ていけというのは、いかにも強い男みたいですが、本当はそうでもないんですよ。

辻井　そういう点では、非常に愛すべき存在ですね。(笑)

阿川　愛すべきといえば愛すべき……。

辻井　渋々賛成している……。(笑)

阿川　父は大正九年生れですが、戦争にいった世代といかなかった世代とはそんなに違いますか。

辻井　阿川(弘之)さんと私とは、年齢的には五、六年の差です。あえていえば、私が昭和の世代で、彼が大正の世代ということになりますが、明治から続いた価値観が壊れたあとで育った世代と、明治から続いた価値観のなかで大人になれた世代との差は大きいように思いますね。

阿川(弘之)さんが作家になられたのは、志賀直哉さんに接触したのが決定的な動機だったのでしょうか。

阿川　そのようです。

辻井　三年前でしたか、志賀直哉展をやったときは何べんもお会いしました。本当に先輩として仰いでおられる。最近の若い作家にはああいう師弟関係はほとんど見られませんね。僕なんかも、そういう意味での先生はもったことがありませんしね。もちろん尊敬している先輩はたくさんいますが……。

阿川　個人的に師事なさるということはなかったのですか。

辻井　ええ、そういう経験はないし、またそういう経験をもちたいとも思いませんね。いろいろなところからいろいろなものを吸収させてもらっています。ことに外国の作家とか古典、いま生きていない人の作品から吸収させてもらっていますが、生身の人間に師事するということは、僕だけじゃなく、いまの作家はほとんど考えていないんじゃないでしょうか。胸を張って師弟の関係をもったのは、阿川（弘之）さんの世代までてしょうね。見ていて羨ましいというか、美しいというか、そう思います。

阿川　お書きになっていて、苦しいとかいやだと思われることはありますか。

辻井　時間管理とか自己管理の面ではかなりきついですね。どうしてこんな因果な商売をはじめちゃったんだろうと……。

阿川　堤清二さんとしてのお仕事もあるわけで、いつでも自由にお書きになれるわけではありませんでしょうね。

辻井　ほかの人がお酒を飲んだりカラオケで歌ったりして遊んでいる時間をほとんど捨てているわけです。そういう意味では楽ではないですね。

それなら書くのをやめたらどうかということになるのですが、そうすると今度は精神状態が非常に不安定になってくる。だから書くのは中毒みたいなものなんじゃないでしょうか。僕の奥さんなんか、そろそろ諦めています、この中毒は死ぬまで治らないだろうと……。

阿川　二つの顔をおもちになり、その両方をこなそうとすれば、二倍の時間が必要ということになりますものね。

辻井　ゴルフもしなきゃと思うけれど、年に一〇回もできない。ゴルフに行くときは、前の日に明日は雨が降ればいいなと思ったりする（笑）。大体において慢性的寝不足ですから、雨が降れば寝坊できるなあと思って……。しかし降らないことが多いですね。朝、降っていなくて、プレイをはじめたら降りだすというのは最悪。（笑）

そんな具合で、ゴルフも麻雀もうまくならない。つまり、そういうものをうまくなろうということを捨てないと、時間が捻出できないですね。

ビジネスの世界の人には、このことがまず理解できない。何か怪しげな男だと思われる。そういう意味では割の悪いことをやっているわけです。それから作家の仲間からも、あいつは会長だとか社長だとかいって、よく小説が書けるな、精神構造がどこかおかしいんじゃないか、と思われている。

両方から何やらうさんくさい男だと見られているわけです。ビジネスの世界でつきあう人も多いのですが、私の書いたものを、家内が読んで感心していたよ、という人が多いですね。本人は読んでいない。まあ、読んでくれても正確に読んでくれないとこちらとしてはつらいときがあるから、そのほうがいいということもありますけれどね。そんなわけで両棲動物にあまりいいことはない。ただ、今度の『暗夜遍歴』では、はじめて辻井喬が辻井喬として批評されていて、うれしく思っています。これまでは、辻井喬、実は堤清二がこう書いている、と批評されることが多かった。

阿川　私はよく親の七光り族とかいわれて、たとえばどなたかにインタビューするとき、阿川弘之の娘です、と紹介されることが多いです。どこのどういう素性かということを早くわかっていただくためには、プラスなのかなとも思ったりして、全面的に反発する気もないのですが、どっかに引っかかっているところがある。

辻井さんの場合は、ご自身が二つの顔をもっていらっしゃるわけだから、いつも、そのもう一つの顔を意識しなければならないのでしょうね。

辻井　そうなんですよ。親子の場合もたいへんだろうけれど、僕の場合は自分を恨まなければならない。（笑）

親の七光りということでは、東郷青児の娘さんの東郷たまみ、伊東深水の娘さんの朝丘雪路、もう一人だれだったかなあ、七光り会なんていって頑張っているのがいるじゃないですか。あなたも居直って……。（笑）

阿川　私は最近、もっと「光」を、といっているのです。（笑）

辻井　これは傑作だ（笑）。今様ゲーテだな。お父様のほうがくたびれちゃったりして……。

お前の国の人間はどうしてこんなに野蛮になったのかと言われます

阿川　先ほど、二つの顔をもっていらして、いったい精神構造のほうはどうなっているのだ、とうさんくさく思われるという話が出ましたけれども、お書きになっていて、作品が佳境に入って、四六時中そのことが頭のなかにあるときでも、会社のお仕事をしなければいけない、またその逆もあるわけですね。

辻井　断ち切って別の仕事に入るわけですし、作家としての常識は経営の次元ではまったく通用しませんから、それはかなりつらいことです。でも、だいぶ馴れてきました、もう二十年ぐらいの生活習慣ですから。

ときにはもう少し会社のほうの仕事を減らして、とも思うのですが、煙草の節煙が難しいのと同じで、これはやめるか続けるか、どちらかしかないですね。仕事はこのへんまでにしてあとは知らない、というわけにはいかないですから。

それでも、社長の仕事は去年の春で全部やめまして会長になりましたから、現場に責任がなくなり、その点すごく楽になりました。見ていなさい、みんな驚くくらい早い年月でビジネスから足を洗うからね、と家族にいっているんですが、全然信用されない。(笑)

阿川　もし作家一本ということになったら……。

辻井　楽しいでしょう。楽しいと思うなあ。

阿川　しかし、それ一本ではないというところから、逆にお書きになるエネルギーが生れることもあるのではありませんか。

辻井　いろんなストレスがあったり、こんなことがあっていいのかなと思うことがあったり、接触面が増えますから、それが材料提供の場になっているということは確かにありますね。

阿川　ビジネスに対する未練……。(笑)

辻井　興味があります。こうすればこうなるな、それは必要だな、ということになると、やっぱりやっちゃうんです。

阿川　堤さんとしてどんなことが面白くてビジネスがやめられないのですか。

辻井　本当に、それ困っちゃうんだけど……。いま世の中は急速に変りはじめていて、そのことにビジネスの組織が追いつけないでいる面がとても多い。つまり、鉄をつくるなら任せておいてくれとか、自動車をつくるなら任せておいてくれという企業はあるのですが、鉄をつくるのでもなく、自動車をつくるのでもなく、どうすれば楽しく遊べるかということになると、そういうことをやっているところはない。人生を快適に組織してくれる会社がないのです。それをはじめたらきっと成功するなあ、などと思ってしまうわけです。

レジャーの話をしていても、ひょっと気がついて、このなかでだれかヨットに乗っている人がいるのかと訊くと、普通役員会などではまずいない。ヨットとかテニスをしているのはみんな若い人たちです。そういう意味で、五十歳以下でないとこれからはやってゆけない。

私どものところでは、せいぜい五十歳になったかどうか、四十代の役員が多いですから、レジャーの仕事をやる条件がわりにある。そしていろいろなことを外国の会社がいってきます。それを受けていると、いくらでも仕事が広がるみたいなところがある。私自身は員数に入れないようにして、人材があるものだけやろうというふうにしているのですが、こんな調子なものですから、浮気性というか、ブレーキをかけるのがなかなかたいへんなのです。

阿川　世の男性諸氏にとっては、羨ましい存在でいらっしゃいますね。

辻井　どうでしょうかね。火の車という感じです。（笑）

辻井　阿川（弘之）さんが『山本五十六』をお書きになったのは、十七、八年前でしょうか。

阿川　いや、もう少し前だったと思います。

辻井　あれは代表作の一つだと思うんだけど、当時こんなことがあった。いわゆる流行作家と飲みにゆくと、五木寛之さんなんかとてももてるわけよ。だが、阿川さんだけが女性から声がかからない。（笑）

阿川　柴田錬三郎さんと一緒に飲みにいったとき、そこのお店の女性が、先生、先生と父のことをいったので、柴錬さんが、こいつがどこの先生かわかっているのかと聞くと、わかっているわよ、といいながらわかっていないようなので、山本だよ山本、と柴錬さんは『山本五十六』を書いた人間という意味でおっしゃった。そうそう、山

本先生、といわれ、父はがっくり。（笑）

辻井　僕のはもうちょっといい話なんだ。阿川さんが俳優に間違われた。

阿川　俳優？

辻井　店の女の子が、私、山本五十六という俳優知っているというの。山本五十六って俳優の名前だと思ったらしい（笑）。それで、俺は俳優に間違えられたんだぞ、それくらい俺はルックスがいいのだ……。

阿川　父は自分でそう申したのでしょうか。（笑）

辻井　いわないけど、そういいたげだったよ。（笑）

山本五十六で思い出したけれど、フィンランドにはトーゴーというビールがあって、今度はヤマモトというビールもできたそうです。

阿川　トーゴーというのは飲んだことがあります。面白いものがあるなあと思って。

辻井　フィンランドの人たちは、東郷元帥がバルチック艦隊を破ってくれたので独立国になれた、トーゴーは自分たちの建国の恩人だと思っているのです。

外国人が知っているのに日本の若者が知らないのはどういうことだ。そこで『国を思うて何が悪い』（註・阿川弘之著）という本が出てくる。（笑）

真面目な話として、戦後、歴史を教えなくなったのは、日本の教育の最大の問題点ですね。歴史を教えないから国際感覚が育たない。自分の国の歴史を理解したときに、はじめて国際感覚が生れてくるのです。日本とアメリカとの関係、韓国との関係、中国との関係、ソビエトとの関係など、教えないから歴史的な把握ができない。

平和な民族になるようにと思って歴史を教えなかったというのは、大誤算中の大誤算。占領軍がそうさせたという説もありますが、もしそうならば、占領軍の知的レベルはその程度だったのだと思います。

阿川　私などは歴史を教えることが封じられてしまったあとに生れてきたうえに、勉強不足もあって、外国へ行くと、あまりに日本のことを知らなくて恥ずかしい思いをすることが度々です。

辻井　成人教育で日本の歴史を教えるといいんですよ。知らないと、外国に行って話ができない。外国の人のほうが、よっぽど日本の歴史のことを勉強して知っている。

文化交流で外国へ行くと、お前の国の人間はどうしてこんなに野蛮になったのかと、よく言われます。君の国は歴史があって素晴らしい、『源氏物語』をフランス語で読んだよ、というような人たちがあちらの役所とか経済界にたくさんいる。その人たちが、最近やってくる日本人は、車をもっと買えとかテレビを買えとか、物質のことしかいわない、どこで堕落したんだ、という。

歴史や古典などの文化遺産、すべて日本的なものは恥ずかしいものとしてシャットアウトしてしまった敗戦時のやり方が、ずっと尾を曳いているのですね。それで日本は漂う民族になってしまった。本当の意味で一人歩きのできない民族になってしまった。

よその国は、経済的にも進出してくるけれども、必ず経済以外の面で貢献するという姿勢をちゃんともっている、日本だけが経済だけでやってきて、しかもそれを少しも恥ずかしいとは思っていない、と盛んにいわれるのでとても困る。日本は外国から一人前の国と思われていないのですね。

それから、たとえば日本の現代の芸術作品を眺めまわしてみて、外国へもってゆけるようなものが実に少ないということに驚きます。文学には、まあ翻訳すればいいものがあります。映画や芝居では、歌舞伎はいいのですが、現代ものではあまりもってゆけるものがない。浅利慶太さんなどが頑張っていますが、これは本来あちらのものをやっているということで、日本のオリジナルは少ない。

そういう点で、日本は経済大国文化小国、経済大国政治小国、経済大国外交小国といえるのであって、経済とほかのもののバランスがとれていない。大きい問題ですね。

阿川　経済とほかのものがつり合いがとれるようになるには……。

辻井　相当な努力と時間が必要ですね。

『暗夜遍歴』は、辻井さんがはじめて自分のご家族のことに深く触れた小説として注目を浴びた作品である。読者はこの作品を、作家辻井喬の自伝小説として楽しむかたわら、経済界のリーダー的存在である堤家の記録としても、おおいに興味をそそられたに違いない。そして、辻井喬という作家が、公人としての堤清二の小説的価値を客観的に認め、出し惜しみすることなく、むしろみごとなほどに引いた目で描き切った潔さに感銘したことであろう。

二つの顔をもつことを自ら選んだ人間は、常にその責任を背負って生きていかなければならない。あちら立てればこちらが立たず。相反する顔を上手に調整して生きていくのは、人一倍のエネルギーを要すると思われる。しかし同時に、他人にはわからない底知れぬ楽しみも潜んでいるにちがいない。そうでなければ、辻井さんと堤さんがこれほど長くは同居できないはずだ。二つの顔はお互いに深く愛し合っているのである。

（'88・1）

ドラマとは

山田太一

やまだ・たいち

昭和9（1934）年、東京生れ。早稲田大学卒業後、松竹に入社、木下惠介のもとで助監督を務める。40年フリーとなり、主にテレビドラマのシナリオを手がけ次々と話題作を生み出した。代表作に「それぞれの秋」「岸辺のアルバム」「想い出づくり」「ふぞろいの林檎たち」、著書に『飛ぶ夢をしばらく見ない』『異人たちとの夏』（第1回山本周五郎賞受賞）など多数。

阿川　『異人たちとの夏』（新潮社刊）、面白くて一気に読ませていただきました。ちょっと変ったテーマのように思いますが、何かお書きになるきっかけがおありだったのですか。

山田　テレビ・ドラマの取材で下町の問屋の話を聞こうと思いまして、浅草橋のほうとか、いろんな問屋街を歩いたんです。合羽《かっぱ》橋まで来たとき、あ、舞台はここにしようという気になりまして、以前、国際劇場があったところに建てられた浅草ビューホテルに入って、喫茶室でお茶を飲みながらプロデューサーとおしゃべりしていました。そのとき、ホテルの反対側から見れば以前とはずいぶん風景が変っているのですが、ホテル側から見れば昔のままの家並が残っていて、ここに泊ってみようかなあなんて思ったりして……。実は僕は浅草の生れなんです。

その後、そのホテルに改めて予約して泊って書こうとしたのですけれど、ちっとも筆が進まない。じゃあ、というわけで、寄席を聞きに出かけたり木馬館をのぞいてみたりしていたんです。そんなとき、木馬館で、僕の斜め前にすごく父に似た男の人を見つけたの。若いときの父ではなく、亡くなるころの、もうおじいさんの父にそっくりなんですよ、横顔が。うちの親父は大衆食堂をやっていたんですが、そういえば親父もよくこういうところへ来ていたなあ、などと思い出しましてね。何だか懐かしいような気がして、休憩時間にその人を正面から見てみましたら全然似てない人でしたけれど……。それを小説に書く気になった。多少そんなネタがあるんですよ。

阿川 雰囲気として、とても静かな感じの小説ですね。その静かな空気のなかで、読み手はどんどん引き込まれていく。

山田さんは、テレビ・ドラマの脚本とは別に小説もいくつか書いておられる。この二つは、かなり違うものとして意識していらっしゃいますか。

山田 別個のものとして考えています。やっぱり、テレビ・ドラマにはあんまり個人的な興味や嗜好はもち込めないでしょう。僕はもち込んでもいいと思っているのですが、企画が通らない。

阿川 もっと客観的に社会を見る目を要求されているということですか。

山田 というより、まあいってみれば、テレビ・ドラマの場合には普通の話というか、あまり通念にさからわないものが好まれる。非現実的な話とかSF風なもの、こういうのは大勢には受けないとされています。

阿川 そういう姿勢は、視聴者側のものですか、それともつくり手の側のものですか。

山田 つくり手に、そういうものをやるのは怖いという気持がまずあるんじゃないですか。視聴率が落ちるというわけで……。

阿川　大勢にうけるものをと……。

山田　事実、生活者として違和感のないリアリズムのものが好かれるんですよね。

阿川　昔からずっとそういう傾向できているとお思いですか。

山田　ええ。子供番組にはなかなか面白いSFなんかがありますから、この子供たちや、いまSFに馴染んでいる若い人たちが五十代六十代になれば、少し事情が違ってくると思いますけれど。

大人の時間帯のドラマに、タイム・スリップする話のものなどやると、そんなことあり得ないじゃないか、と投書が来たりする（笑）。そりゃ、あり得ないことですよ。

（笑）

阿川　若い人だけ取り上げてみても、最近の関心のあり方が実に多様で、つくり手としては一つのテーマに絞るのが、とても難しい時代ですね。

山田　確かにそうですね。にもかかわらずたくさんの人が関心を寄せてくれるものは何だろうかと、多くのテレビ・ドラマはそういうふうな観点からつくられていますね。

この小説のように、四十代後半の男が主役で、職業はシナリオ・ライターで、お化けが出てくるなんていったら、危なくてやれないといわれるでしょう。小説として書いてしまったあとでは、プロデューサーのなかには、テレビ・ドラマにしようといってくれる人もいますが、僕は、テレビ・ドラマだったらこういう話は書かない。小説として書いたんです。

阿川　テレビ・ドラマでは満たされないものを小説に凝縮させたということは……。

山田　そうですね。二年前に、『飛ぶ夢をしばらく見ない』(新潮社刊)という小説を書いたんですが、これも、お化けは出ませんけれど現実の話じゃない。僕はそういう世界が昔からわりと好きなんです。

好きなんですけれど、テレビ・ドラマとしてやろうとすると、すらすらとはいかない。余計な苦労をした上に中途半端なものになりがちなんです。

しかし、リアリズムも僕がテレビでやるようになったころは、まだあまり深く開拓されておらず、むしろ、あたたかいホーム・ドラマみたいなのが多かったのです。だからリアリズムも書き甲斐があったんですよ。

だけど、そればっかりやっていると、どうしても溜まってくるものがある。それで、たまに小説を書かせてくれるという方がいらっしゃると、じゃあというわけで書くんですね。

阿川　テレビ・ドラマと小説というのは、すごく違うなあと思います。テーマだけでなく、文章構成とか、そういう具体的なところでも構え方が違ってきますか。

山田　ええ。シナリオの場合、ほとんどが会話で成り立っていますね。ト書は書きますけれど……。

僕が書いていて一番違うなあと思うのは、脚本というのは、仕事をするつくり手の側の人たちのたくさんの目にさらされるということです。とにかく、まず演出家、プロデューサーがインサイダーの一人として批判しようと思って読みますでしょう。

阿川　チェック、チェック、チェックでいくわけですね。

山田　そう。そして俳優さんがそれぞれ、こんな台詞はいえないとか、こんな台詞はこの場合いわないんじゃないかとか……。実際にはそんなにみんなで批判するわけではありませんが、それぞれ自分の作品といい得る人たちの目にさらされます。そんななかで脚本を書く。そのあとで視聴者の目に届くわけです。

ところが、小説は、編集の方が一人くらい……。ある意味で楽というか、他者が少ないというか、何か、友だちに遊んでもらえなくて、隅のほうでグジャグジャ一人で遊んでる感じがする（笑）。そのかわり自由ですけどね。

阿川　脚本は、自分の意図したものが、最終的にテレビのドラマとして放映されたときにどのくらい通っているかというと、本当にごく一部分だ、そういう欲求不満がある、ということを以前ある脚本家から伺ったことがありますが……。

山田　僕は、ドラマづくりの過程で、どんどん変ってゆくのが面白いんです。もちろんそういう欲求不満はありますよ。

たとえば「ホテルの一室」と僕が書いたって、僕とデザイナーと演出家でイメージが違うし、プロデューサーはプロデューサーでセット費を節約しようとロケで部屋を借りてきたりする。このようにみんな違ったことを考えていたりするんです。ときにはホテルじゃなくなっていたり……。(笑)

でもね、そういうのが面白いんですよ。なぜなんだろうな……。あり得ないことだけど、もし僕の考えるとおりに全部がなっていったら、つまんないだろうな。気味が悪い。

阿川　チーム・プレーの面白さですか。

山田　すごくうまくいった場合、一人ではだれもつくれなかったような世界ができるんです。もちろんあるときは、結果としてみんなが足を引っ張り合っちゃうこともある、悪意なしに。あるいは悪意があるときもあるけれど(笑)。そういうのが僕は好きなんです。

「音楽が流れる」なんてト書に書くでしょう。僕がそう書きながらイメージしているのは既成の音楽なんですけれど、ちゃんと作曲して演奏してくださる。あ、なるほど、やっぱりプロだな、と思う。だから小説でも、つい音楽を流したくなる。（笑）テレビでも映画でもそうですが、たとえば何人かいるところで僕がちょっとしらけたようなことをいうとする、カメラでそこにいる人たちの顔をパッパッパッと撮る、それだけで非常に複雑な味が出ることがあるんです。馬鹿めと思っている顔とか、面白がっている顔とか、その場をどうとりつくろおうかと思案している顔とか、いったあとの僕の顔とか、撮るのは秒数にして十五秒もあればいい。これを小説で書こうとしたら、かなりの文章を重ねなければいけない。

映像は、このように寄ってたかって何かいわくいいがたいものをつくることができるんですよね。

阿川　うーん……。

山田　微妙なことなんですけれど、雨が降る前の風がザワザワしているシーンなんかがパッと入るだけで、すごくいろんなことを感じたりしますよね。僕はわりにそういうのが好きなんです。文章だって、うまい人には可能ですけれど……。

そういう面白さが映像にはあるのです。ニュースのアナウンサーの顔だって、そういう意味では面白いことがある。偶然性というか、ドラマでも、演技からはみ出るものがあったりして……。

ですから、いままで映画や演劇であまり問題にしなかったような、小さな気持の揺れであるとかおかしさであるとか、そういうものをテレビは拾うことができるメディアだと思いますね。

阿川　私が出ている番組でCM大賞について取り上げたことがありまして、小林亜星さんと天野祐吉さんをお招きしてお話を伺ったことがあります。お二人とも、テレビのあり方が家庭のなかで非常に変ってきたということをおっしゃって、とても印象的でした。

昔は、テレビは異次元の世界のことを映し出しているものとしてあって、たとえばCMでも理想の生活、理想の男女関係など、日常生活のレベルよりちょっと上のものがうけていた。しかしいまはまったく同じ高さになっていて、一歩テレビのなかに入れば、日常がそのままそのなかに融《と》け込んでしまうようになっている。だから、CMでも、ある商品をこれは素晴らしいものですというかたちでは打ち出せなくなった。もしかしたら自分たちの生活のほうが洒落《しゃれ》ているのではないか、と思わせるようにしてポンとその商品を出す。そのほうがアピールする。そういう傾向になってきているのだそうです。

ひょっとしてテレビ・ドラマにも、さきほどリアリズムということが出ましたが、似たことがありませんか。

「現実」には方向性も意味もない。それを「物語」にするのが生きるということ

山田　昔の東宝映画には、たとえば家庭を描くときに、平均よりちょっと上のお金持ちの家庭として出すとか、そういうことがあって、いっぽう松竹映画のほうはリアリズムで……。

阿川　どろどろと……。

山田　というほどではありませんが、たとえば小津安二郎さんの映画のように、そのまんま普通の平均的な家庭を描こうとしている。

僕は、テレビでやるときは東宝映画風に、平均よりちょっと洒落た生活を最初の頃は狙いました。基本的にはいまもあまり変ってはいないんじゃないかと自分では思っています。

平均より落ちる家庭を描いて、それをみんなが自分たちのほうが上だと喜んで見るかというと、それはどうかなあ。

ただ、この頃リアリズムが駄目になってきたという気はしています。

阿川 サクセス物語とか夢物語が妙にうけたり……。

山田 みんなそういうふうに思って来ていますね。すると先取りしたがる人が、いまないのはメロドラマだからとロマンティックなメロドラマをつくろうとする。しかし、限度がありますね。

あんまり空想的なものは、良質なものを狙うなら映画じゃないと駄目だと思う。暗闇のなかで見ると成立するというところがある。

阿川 見るほうの自分も何となく異次元に入っている状態で……。

山田 そうそう。言葉一つとってみたって、芝居を見るときなんかは、何か象徴的な意味を探っているようなところがありますよね。

阿川 そうですね……。うしろでお母さんが皿洗いする音を聞きながらテレビ・ドラマを見ていて、異次元の世界といっても……。

山田 テレビの場合微妙なことは、ですからなかなか表現できない。やっても雑になってしまう。

ただね、いろんなドラマがあっていいわけですからどういう方向に行くべきだなんて思いませんが、たとえば金賢姫《キムヒョンヒ》という人が出てきたりすると、事実のほうがすごくてフィクションはついていけない、と簡単にいう人がいるでしょう。これはとても変な意見だと思うんです。

どんな名画だって自然のなかに置くと、自然の美しさや迫力には負けます。それでもなお人間というのは絵を描かずにいられない。負けることは承知のうえです。

それと同じことで、ドラマというのも、はじめから現実には負けることがわかっていると思うの。だって現実はものすごく複雑だし……。

ただ、現実には物語がない。方向性も意味もないというのかなあ。そして、人間はそれを自分で物語にしないと生きてゆけないんじゃないか。

「男は黙って」というスタイルをもとうと思った人は、どんなにしゃべりたいときでもグッと我慢して、それで一生を一貫させることができたときに、ある満足感を覚える。

現実的に生きているんだといっている人でも、ですから僕はフィクションを生きているのだと思います。お金が儲かるのが現実的だという人も、能率的なのが現実的だという人も、あるいはそれらと反対のことを現実的だという人も、みんなそういうフィクションを選んで、それを生きているのだと思います。

そして、自分が選んだフィクション、物語に一貫性があれば、人間早く死ぬようなことがあっても、まず満足した気持で一生を終えることができるのではないでしょうか。現実はどんどん変ってゆくのだからと、それに適応することばかり考えていると、自分のスタイルも、自分の物語ももてずにいく。そういう人は、やはり心のなかに非常に虚しさを覚えると思います。もちろん、軽々にスタイルをもつべきだということをいっているわけではありません。

つまり、何か物語をチョイスするということ、それが僕は生きていることだと思うのです。そしてそれにサンプルを提示するのがドラマなのではないか。

変化の激しい現実に対応して（アナクロではなくて）しかも魅力ある生き方のスタイルというか、フォルムというか、こういう生き方もチャーミングじゃないかと、もちろん人間は矛盾の塊ですから、その矛盾のまんま、読者に提供する……。人間がもつ曖昧さ、おろかしさ、それがあって全体として魅力的な生き方になっている物語ですね。

そういう小説やドラマは、何か人をほっとさせるのではないでしょうか。僕は、ドラマというのはそういうものだと思っています。

だから、現実に何かが起ったときにいちいち負けたなんていうのは僭越《せんえつ》だという気がするんだなあ。（笑）

阿川　家族をテーマにしたドラマを多く書いておられますが、いま関心をおもちのスタイルは……。

山田　シングルの生き方ですね。いまシングルのほうがいいとか、やっぱり家族は必要だとかいわれていますが、シングルのいろんな生き方、たとえばシングルでも子供は欲しいとかありますね、そういうのを考えてみたいと思っています。レズという意味ではなく、愛さなきゃならないのは男しかいないのかと絶望を感じる女の人だっているでしょうしね。まるごと男という一人の人間と生活すると、どんな人だって手に負えないところや鈍感なところや想像力のないところが見えてくる。男にとっても、女しか結婚する相手はいないんだなあと……（笑）。そして男にも、それにもかかわらず子供は欲しいという欲求があると思う。でも子供は大きくなれば出ていく……。

阿川　子供は、出ていきたいという欲求で大きくなります。（笑）

山田　それは結構なことです。（笑）

　シングルで生きてきて、中年になって、どんな思いをするか、それを丁寧にやってみたいと考えているんです。セックスのウエイトは、人にもよるでしょうけれど、そんなに人のなかでいつまでも大きな位置を占め続けるものではないと僕は思うのね。それよりも心の飢えですね、心を切りきざむような孤独感……。それがあるのではないか。

だからそれがどうだということではないのです。いいところも悪いところもあって、それがそのまま一人の人間としての魅力になっているような、そういう存在を書きたいと思っています。

みんなどこかでシングルを望んでる

阿川　私の番組で、シングル・ライフについて取り上げたことがあります。私みたいに結婚しないで、親のところから出てアパート暮しというのが代表みたいにいわれているけれども、見わたしてみると、いろんなシングルがいるんですね。

単身赴任の男の人、成長の過程で、家から遠いからと学校に通うのに一人でアパート暮しをする子供、配偶者を亡くした高齢の人、などなど。

それに、家族と一緒に暮していればこれはシングルではないといえるかどうか。時間帯が家族全員ずれていて、食事もそろって食べることなんてない。奥さんは仕事で出ているし、ご主人も夜中まで帰ってこない。子供は、一人で朝昼兼ねた食事をとって、夜中にみんな寝静まったころに起き出して勉強する。このように同じ屋根の下で、それぞれにシングル・ライフを送っているということもある。

何か話が暗くなってくるんですけどね（笑）。でもそれを、はたして暗いことと感じるのかどうか……。

山田　いや、暗いとばかりはいえませんよ。

阿川　それで面白いわけですか……。

山田　ものごとには明るい面と暗い面があるわけですからね。いまの都会生活者はとくにそうだけど、みんなどこかでシングルを望んでいるところがある。

阿川　いま、スーパーなどで、シングル人口の増加を見込んでシングル向きの商品をどんどん出していますね。そうすると、ますますシングルは生活しやすくなる。家庭の価値観も変ってくる。個食の問題を番組で取り上げたときに、ゲストの女性が、個食化が進むと台所に立てない男の人に受難の時代がやってくる、とおっしゃったんです。そしたら番組のボス（秋元秀雄氏）が、そんなことはない、解放されるんだ、って（笑）。外でおいしいものを食べられる、奥さんに束縛されないですむ、解放の時代が来る……。

山田　ただ、やはりいいところばかりではない。

阿川　テレビはよくご覧になりますか。ご自身の作品だけでなく……。

山田　ええ、「情報デスク」も……。(笑)

阿川　そういうつもりで伺ったのではなかったのですけれど……。(笑)

山田　しかしこの頃は、レンタル・ビデオで映画を見ることのほうが多くなったなあ。テレビの画面が最近大きくなりましたし、画調のいいものだと、映画館で見るのとそう違わない感銘を得るときがありますね。

阿川　テレビがビデオやファミコンに占拠されて、テレビ自体は見る人が少なくなっているそうですね。

山田　いいんじゃないですか。大体、いまテレビが相手にするのは何百万、何千万の人々ですが、それくらいの人が見てくれなければ成功したといわれないのなら、いいものはできませんよ。もっと小さいメディアになればいいと思っています。テレビって面白い機械なのに、一般性だけを狙いすぎていて、何かもったいない気がする。「情報デスク」だって、かなり一般性を気にしていらっしゃるのでしょう。

阿川　それはそうですね。時間帯が遅いから、朝や昼のものとは違って、そういう意味では少し楽ということもありますが、いかにテレビというメディアを有効に使うか、取り上げるテーマをどういうふうに映像化すると生きてくるか、そんなことで毎日大喧嘩です。

山田　いいことですね。結局、当事者たちが真面目につくっていく以外に良くなる方法はないのだと思います。

阿川　いままではわりと気楽に考えていたようなところが、あまり大声でいえませんが、あったんじゃないかと思うのですが、いまこういう時代になって、もっとテレビというものを有効に使わないとほかのものと勝負できなくなる、そういう危機感があると、長くテレビ界にいらっしゃる方がいっておられます。

山田　そうですか。僕もそう思いますね……。

現代は、現実に動いているものを映像でとらえることがものすごく難しくなっていて、政治でも経済でも、国会や取引所を映せば描けるというわけにはいかなくなっていますね。昔はある意味で、目で見たものだけを信じて生きることも可能だったけれども、それができなくなっている。

にもかかわらず、テレビの場合は見たものにこだわらざるを得ない。そして言葉が貧しくなっている。そこがこれからの課題ではないのかなあ。

映像の素晴らしさっていうのは、ある人ならある人のまるごとの印象を瞬時にして見る人がもつことができるというところにあると思います。それが新鮮で、わくわくして見ていたわけだけれども、いまはそれだけでいくと非常に危険がある。アメリカの大統領選挙でもよくいわれていることだし、日本でも、竹下さんなら竹下さんが、姿や人相からだけでは判断できないものをもっているということがあります。

昔は、たとえば非常に言葉にこだわったサルトルなんかでも、人相や筆跡学に凝って、それで何らかの新しい総合を手に入れようとしていた。ボーヴォワールが自伝のなかでそのことを書いていて面白かったのですけれど、要するに言葉だけでは現実をとらえきれないということをサルトルは感じていたわけです。

いまは、その逆だと思うんだなあ。みんなが人相や筆跡、つまり映像のほうにばかり気をとられているけれども、それだけではやはり現実はとらえられない。現実認識の新しい総合のためには、言葉というものにもっと敏感になって、それを導入しなければいけないと思いますね。

だから、テレビは早口をやめて（笑）、ちゃんとした原稿をしっかり読めばいいと思うの。複雑なことは、口ごもることなくパッパッとはいかないのが当り前です。パッパッと答えたりするのがいいことだとされ続けていると、長きにわたった場合、非常に社会を毒することになるという気がする。複雑なことを曖昧にゆっくりしゃべっていいんだ、というふうにならないと、テレビは現実認識力を失っていくと思いますね。

阿川　言葉を本当に大切にしておられる方からそういわれますと、身が引きしまるような気がいたします。

山田さんの顔を拝見していると、だれかを思い出すと思っていたら、小学生の頃、同じクラスにいた男の子に似ていらっしゃることに気がついた。その子の目は、山田さんと同じように大きく、とてもきれいだった。いつも少し離れた場所からほかの子のすることをじっと見つめていたが、そのくせ自分はほとんど発言せず、ならば仲間に入るのがいやなのかといえばそうでもないらしい。可笑《おか》しいときは皆と一緒に実に楽しそうな様子で笑い、だれかが突飛なことをはじめると、丸い目をさらに大きく見開いて真剣に成り行きを見守った。とりわけ成績がよかったわけではない。まあ、中の上といったところだと記憶している。スポーツマンだったという印象もない。むしろ静かに本を読んでいた姿のほうが鮮明に思い浮ぶ。そんな彼が男の子同士の間で妙に人気が高かった。

人気というか、尊敬に近い信頼を得ているように見えた。派手なふるまいで皆を笑わせる才能のあった子など、いつも彼の肩に手を回してはそっと「ねえ、僕のしたこと、面白かった？」と確認しているふうだった。

異性である私にとって彼の存在が気にならなかったわけではない。が、どうも彼の性格が摑めなくて、別の男の子を好きになることに決めてしまった。カッとなったら直ちに顔色に現れて、すぐさま怒りを行動に移すタチの私には、いつ見ても穏やかで、決して派手なふるまいに出たがらない彼の本心がどこにあるのか理解するのは難しかったのである。

山田さんの笑顔には、あの男の子の面影が漂っている。静かに穏やかにご自分の周囲を見渡して、しっかりと心のなかに刻み込む。問われれば曖昧に答えることはないけれど、敢えて波風を立てようという気持はさらさらない。ごく自然の、ごく日常的なものの中から世の中で何が大切であるのかを、大きな目で鋭く見抜いておられるのである。

いまさらいっても仕方のないことではあるけれど、山田さんに似たあの男の子にもう少し接近しておけばよかった。

（'88・4）

ロマンとは

宮本 輝

みやもと・てる

昭和22（1947）年、兵庫県に生れる。追手門学院大学文学部卒業。52年、『泥の河』で第13回太宰治賞を、翌53年、『螢川』で第78回芥川賞を受賞。さらに62年、『優駿』で第21回吉川英治文学賞を受ける。著書に『錦繍』『青が散る』『流転の海』『真夏の犬』『胸の香り』『焚火の終わり』『月光の東』、エッセイ集『二十歳の火影』『命の器』『本をつんだ小舟』『生きものたちの部屋』などがある。

阿川　もうだいぶ前のことになりますが、以前、ほかの仕事で軽井沢でインタビューさせていただいたことがありますね。あのときは『避暑地の猫』（講談社刊）のお話を伺ったのですが、きょうは『優駿』（新潮社刊）のことから……。

宮本　猫から馬へ……ですね。（笑）

阿川　お書きになろうと思いたたれてからずいぶん長かったのですか。

宮本　芥川賞をもらった頃なんです、ああいうものを書きたいなと思ったのは。

阿川　『螢川』でしたね、芥川賞は。

宮本　えっ？

阿川　やだ、間違えたかと思うじゃないですか、「えっ」なんておっしゃらないでください。どきっとする。（笑）

宮本　下準備が十分じゃないんじゃないですか（笑）。僕、そういう間違いは全然かまわないんだけど、「宮田輝」とだけはいわんでください（笑）。それいわれたら、僕は人格が破壊してしまう。瞬間湯沸し器どころではない。（笑）

阿川　もうそういう間違いはないでしょう。

宮本　ときどきいう人がおるんですよ。ほんまに殺してやろうか思うね（笑）。別に宮田輝さんに恨みないいんですけど……。何の話をしていたんだっけ、『優駿』の話か

（笑）。

宮本さんを軽井沢へお訪ねしたのは、かれこれ五年ほど昔のことである。毎年七月になると宮本さんはご一家を引き連れて大阪から軽井沢へ居を移し、ひと夏を過ごされるという話を耳にし、せっかくの機会だから、涼しい軽井沢でインタビューさせていただこうということになった。

早朝に東京を出れば、いくら渋滞に巻き込まれてもお昼過ぎには先方に着くだろう。そう思って編集者やカメラマンの方々とともに一台の車に乗り込んで出発したまではいいのだが、峠の茶屋あたりで車は完全に止まったきり前へ進まなくなってしまった。約束の時間はとうに過ぎている。なんとか宮本さんに連絡しなければ。

ところが、悪いことは重なるもので、宮本さん宅の電話番号を書き留めている人間が一人もいない。慌ててあれやこれやと頭をめぐらせた挙げ句、

「そうだ、私の父がいま、軽井沢に来ているはずです。父に電話すれば、地元の電話番号帳で調べて、宮本さんに電話をかけてくれるでしょう」

私が提案した。自分の過失の繕い事を親に委ねるなど、父がもっとも嫌うこと

だとは充分承知していたが、いまや非常事態である。怒鳴られるのを覚悟で最寄りの公衆電話ボックスに駆け込むと、案の定、

「まったく呆れたもんだね。どういう甘えた根性なんだ」

さんざん嫌味をいった末、父はしぶしぶ引き受けてくれた。

そういう経緯で宮本家にかけた電話だったので、父の声はお詫びの気持どころか怒りに満ちていたそうだ。

二時間ほど遅刻した末、ようやくわれわれが宮本家に到着したとき、宮本さんがおっしゃった。

「あなたのお父さんから電話をいただきましたよ。えらく怒ってらしてね。しかたないから謝っといたけど、なんで僕が謝らなならんのか、わからんかった」

以来、私が宮本さんの前で緊張する理由は、あのときの父娘の無礼を思い出されやしないかという恐怖からなのである。

阿川　構想を練られるうえでとっても時間がかかった……。

宮本　僕は、小説書くときに綿密に構想を練って書いたことないんです。行きあたりばったりなんです。

だけど、競馬の世界はある意味で特殊でしょ、その世界の人でなければわからないことがたくさんある。それを知るために時間がかかった……。

競馬は、いまずいぶん大衆化されていて、大きなレースでは相当なお金が動いていますね。これでサラ金地獄に落ちて首吊る人もいますけれど、家族ぐるみで楽しんでいる人もいる。ギャンブルには違いないけれども、大きなスポーツというか、本来、競馬というのは素晴らしいものなんです。

競馬は、そのままドラマだとよくいいますけれども、僕は、一頭の馬が誕生してレースに出るまでのいろんな段階で関わる人たち、その人たちの夢や人生、それも非常に大きなドラマだと思ったんです。

見わたすと、といってもあらゆる競馬に関する本を読んだわけではありませんが、サラブレッドの世界を、とくに競走馬の世界を文学として扱った人がいまだいない。ディック・フランシスみたいな人がいるけれど、これはやはりギャンブル小説であり推理小説でありヴァイオレンスなんです。

どうしてなんだろう、いっぺんやってみようかな、と思ったのが芥川賞をもらった頃です。そのあと、病気をしたりしてちょっとブランクがあったのですが、そんなことをおしゃべりしていたら出版社の編集者が乗り気になって、それで書き出しました。

とにかく馬のことを知らなければと思ってトレーニング・センターに出かけ、調教師さんの話を聞こうとしたんですが、警戒されてしまうんです。

　ここから先の話が聞きたいということがあるでしょう。ゲートが開いて馬が走り出しますね、そのとき騎手同士何か話してるのと違うやろか、とか。そのようなことがすごく聞きたかった。どんなやりとりがあるんだろう。別に、不正なことが行われているんじゃないかということではなくて、そういうちょっとしたことがわかれば、レースというものがまた違った角度から見えてきて、それが書けるのではないかと思ったのです。ところがまったく教えてくれない。

阿川　わりに閉鎖的なんですね。

宮本　どんなふうに書かれるのかと不安もあったと思うんです。それで教えてくれることといったら、スポーツ新聞の競馬欄を三日も読めばわかるようなことばかり。

　調教のしかたとか、レースを前にして馬がどういうふうに変っていくのか、そういう専門的なところは、実際に僕自身がそこに入り込まないとわからないんだなあ、絶対書けないんだなあと思ったんです。事実として間違っていることは、小説を書くときに絶対避けなければいけないことですからね。これは小説のリアリティー以前の問題です。そこでデッド・ロックに乗り上げた……。

そんなときに、高橋三千綱から電話がかかってきた。一緒に、一口馬主にならないかという。

僕はそういうシステムがあるのを、そのときまで知らなかったんです。こうなったら、自分で馬主にならんかぎり書けんじゃないか、しかし、しがない作家に馬主になれるほどの収入はない、馬の値段とは別に預託料だって月四〇万もするというじゃないか、女房一人分より高くつく（笑）、しかももし全然走らない馬だったら……、なんて考えていた。

三千綱の電話で、そうか、それなら俺も一口とはいえ、馬主になれるんだ、馬主なら、なぜ俺の馬が負けたのか、なぜあそこのコーナーでちょっと下がったのかと、調教師や騎手に聞く権利があるというもんだ、それじゃあ一口馬主になろう、と。

女房は嘘でしょというけれど、馬をもった動機は純粋に『優駿』を書くため。十頭も必要ないでしょとよくいわれましたけれど、それはだんだん欲がらみになって増えたんです（笑）。はじめは純粋、人生とは常にそういうもの……。（笑）

阿川　結果的に十頭もですか……。

宮本　いまは三十頭になっています。（笑）

阿川　一口馬主どころじゃないじゃないですか。三十口……。

宮本　そうなんです。一頭買えますよね。三千綱の話、後日譚があるんです。彼と同じ馬を半分ずつ出して一口もった……。

阿川　二人で一口……。

宮本　そうそう。ところがその途端にあいつ、脚を刺されるという事件が起った。いやな予感がしたんです。案の定、それから三カ月してその馬、厩舎に入る前の段階で同じように左脚を悪くして、屈腱炎《くっけんえん》というんですけど、走れない馬になってしもうた。

阿川　その病気、致命的なんですか。

宮本　馬の癌といわれて、それにかかったら九九パーセント競走馬にはなれない。その馬、それであえなく……。それからどこにいったかわからない。

阿川　かわいそうに。

宮本　三千綱が退院してきて、俺もうやめた、馬主は絶対儲かんないよ、と。それで困ったなあと……。

阿川　純粋に小説が書けないと……。（笑）

宮本　しょうがないから自分で一口買った。ところが、それがほんとにだめな馬でね、自分のなすべきことがちっともわかっていないというか……（笑）。でも、それが結果として小説書くうえで非常によかったんです。

どうして走らないんだろ、どうしてこういう調教をするんだろう、足元がもたもたしているのに何でこないに厳しく調教するんだろうか、どうしてこの馬はゲートに入らないんだろうか、と聞く。何で俺の馬、走れへんのや、と、思うことは単純にそれだけ。小説のことなんて考えていない。それがあとになって役に立ちましたね。

危ない橋も渡りましたけど、どうにか書き終えて、結局一一〇〇枚。ほかの連載もその間に入りましたから、実際に書き出してから最後の原稿渡すまで丸四年、準備期間を入れると七年か八年かかっているんじゃないでしょうか。

阿川　「あとがき」のなかにも書いていらっしゃいましたけれども、そもそも馬に対する気持は小学校五年生のときに出合われた童話だったとか……。

宮本　童話というより、あれは小学校高学年用の少年少女のために書かれたものだと思います。マーゲライト・ヘンリーというイギリスの主に馬のことを書いていた女流作家がいるのですが、その人の『名馬 風の王』という作品ですね。

これを小学五年生の時に親父に買ってもらって、富山から夜逃げ同然で大阪へ向う汽車のなかで読んだんです。それが僕にとって非常に感動的だった。高校生になってもときどき読みたい個所がありましたね。いい作品というのは、何度も読みたいという個所がありますよね。これは小説ばかりでなく音楽でも映画でも落語でもいえることですけれど……。

阿川　その本はその後ずうっとおもちになっていたんですか。

宮本　僕は親父とはいろいろなことがありましたし、親父はほかに女をつくって、商売にも失敗して、家から出ていってしまったことが何回もあるものですから、その頃、親父からもらったものは全部捨ててしまえと思って、ほんとに川に捨てたことがあるんです。

けれども、その本だけは捨てなかった。結婚してから、もっている本は全部売らなければいけない時代もあったんですが、そのときもその本だけは売っていない。だから、もうぼろぼろです。

あれを小学校の時に読んでいなかったら、『優駿』という小説を書く足場が、なかなか見つからなかったのではないかと思います。

映像化される時、原作を超えられたりしたら腹が立つし、原作より悪いとよけい腹立つし（笑）

阿川　『優駿』のなかで、サラブレッドをめぐって印象的なところがいくつもありました。

宮本　この本のなかでも書いていますけれども、サラブレッドというのはもともと存在しなかった馬なんです。イギリスにはイギリスの、アラビアにはアラビアの土着の馬がいただけです。

虚実おりまざった話だという人もいるし、競馬に詳しい人はおそらく事実だろうという人もいる話なんですが、サラブレッドの先祖は牡馬三頭だという。ダーレー・アラビアンとバイアリー・ターク、それにゴドルフィン・アラビアン。ダーレー・アラビアンとは、ダーレーという人のアラビアの馬。バイアリー・タークは、バイアリーという軍人のトルコ馬。ゴドルフィン・アラビアンは、ゴドルフィン伯爵所有のアラビア馬。全部アラブ圏なんですよ。

そのアラブ圏の馬と、イギリスあるいはフランスなどヨーロッパの馬とが掛け合わされて、それではじめてサラブレッドが誕生したんです。それが、それまでの馬の概念をはるかに超えるほどのスピードで走ったというわけです。

そして、このゴドルフィン・アラビアンというのは、『名馬風の王』を読めばわかるんですけれども、まったく偶然によって生れたんですね。

イギリスの貴族、ゴドルフィン伯爵が誇る肌馬（雌馬）のロクサーナって名の牝馬、ゴブコブリンという名の金持ちのどら息子みたいな馬が交配されることになっていた。

ところがこれからはじまるというそのとき、一頭のアラビア馬が割り込んできて横からやってしまった（笑）。これは和姦なのか、強姦なのか（笑）。いろいろ解釈のあるところですが（笑）、僕はたぶん和姦であろうと……。（笑）

イギリス人たちは、不純なものが混じったと思ったけれども、できた以上は産ませな、しゃあないと。ところがこの馬、二歳になった時、ほかのどのイギリス馬よりも速く走った……。これは思いもかけない、奇跡のような配合だったと気づくんです。『名馬 風の王』の宣伝しちゃった……。（笑）

阿川　講談社で復刊したそうですね。

宮本　ゴドルフィン・アラビアンの系統は、日本にもツキトモという名の馬が入ってきていますが、肌馬としてすぐれているんです。種馬としては地味ですけれどね。サラブレッドは、要するにこのようにして、その後、近親交配を繰り返すことによって……。

阿川　天才が生れるかダメ馬が生れるかして……。

宮本　そうそう。いいものだけを選んで、ほかのものは淘汰して、それでいまこれだけのサラブレッドができあがった。だから全部のサラブレッドにゴドルフィンの血が流れている。ゴドルフィンだけでなくて、ダーレー・アラビアンの血も、バイアリー・タークの血も、いま走っているサラブレッドのなかに入っている。血が濃いか薄いか、その違いがあるだけ。そういうことが土台になければ、おそらくサラブレッドがロマンになるということはなかったでしょう。

考えてみれば、ギャンブルで血統が重要なファクターになっているというのは、競馬だけですね。馬券を買うときに、この馬の父は何で、母は何、兄弟にはこれこれがいる、なんて考えながら楽しんだおじさんおばさんがたくさんいる。それが面白いところですね。

阿川 今度映画化されますね。もうできあがってご覧になったのですか。

宮本 いや、クランクアップはもうちょっと先でしょう。

阿川 お書きになったもの、これまでにずいぶん映画になっていますが……。

宮本 非常にありがたいことだと思っています。

阿川 表向きのいい方、なさらないでください。（笑）

宮本 いやいや、ほんまに（笑）。だって、『泥の河』が最初に映画化されまして、続いて『螢川』、『道頓堀川』でしょう、そして今度の『優駿』。作品の数からすると非常に率が高いと思うんです。テレビのドラマはほとんどお断りしているのですが、でも今度『避暑地の猫』がドラマ化されます。
こんなことというと失礼になるかもしれないけれど、僕は自分の作品が映画になったりテレビ・ドラマになったりするの、本当はあまり積極的になれない。原作を超えられたりしたら腹立つし（笑）、原作より悪かったらよけい腹立つしね。（笑）
本来、小説っていうのは字で読むものだと思っているんです。読者が一人一人みんな異なるイメージを、登場する人物なり馬なりに抱く。映像にすると、それが画一化されてしまうんですよね。これ、恐ろしいことだと思います。

阿川　宮本さんのご本を読ませていただいておりますと、もちろん筋立てにもご苦労はおありだとは思いますけれども、一つ一つの文章があああいいなあとか、それによって情景が思い浮ぶといったことがよくあって、ほかの方の小説とはちょっと違う魅力を私は覚えるのです。愚問と知りつつ、映画化のことを伺ったのは、そういうことを感じているからなんです。
ですから、宮本さんの作品と映画化されたものとはまったく別個のものというふうに考えたほうがいいのではと……。

宮本　本来そうあるべきだと思いますね。原作にぴったり沿った映画にいいのはないですしね。映画には映画の見せどころがあって、小説のなかのどこかをクローズアップさせるとか、どこかを非情に切り捨てるとかしなければいけない。それをされることは、原作者にとってあまり楽しいことではないですけれどね。しかし、それをやらないことには原作が映画として生きてこない。

そこのところ、常にハムレットの心境です。ほんまのことというたら、原作料欲しいしね（笑）。金に転ぶべきか、作家としての魂を守るべきか……。転んでますね、僕は。（笑）

阿川 『優駿』を書かれる前とあとでは、馬に対するお気持が変られましたか。

宮本 レースの見方が変りました。馬券を買わなくなった。昔は欲の皮が突っ張って、三〇〇〇円を五万円にしようというロマンにわれを忘れていた。（笑）

阿川 本質的にギャンブルがお好きなところがあるんですね。

ところで二年前にお仕事でお目にかかってから、気をつけて拝見しておりますと、ずいぶん連載を抱えておられますね。

宮本 多いと自分でも思っています。薄利多売というやつね。（笑）

外国へ行ってカッとなるのは、日本人をなめやがって、と思う時

阿川　取材などで外国にもずいぶん行っていらっしゃる。

宮本　九月にまた行きます。イタリア、ポルトガル、トルコなど……。ちょっと疲れたんですね。自分としては、三十代よく頑張ったな、そろそろ選んで仕事したいなという気になっている。新聞の連載が片づいたら書きおろしの時間をもちたいし、旅行に行くのはその準備のためでもある。

だけど僕ね、日本ってもういやなんですわ。『アラビアのロレンス』のとてつもなくだだっ広い砂漠のなかにぽつんと人間とラクダがいてるとか、ああいうの、夜中に酒飲んでると、無性に恋しくなる。日本、いやなんです。日本人って嫌いなの、僕は。（笑）

寺山修司ってすごい歌人だったと思うんですけれど、この人に「マッチ擦るつかのま海に霧ふかし身捨つるほどの祖国はありや」という歌がある。僕は、この歌が好きでね、高校のときからいつも口ずさんでいた。大阪とか新宿の雑踏歩いていると、ふっと思い出したりする。「身捨つるほどの祖国はありや」のところがとくにいい。子供が親ばなれしたら、イタリアにでも行って暮そうかと女房と話したこともあるんです。

でも、やっぱりそれはできないだろうなと思う。旅人だからその国の良さを選ぶということができるけれども、住むとなるとそうはいっていられない。それに何か事が起ったとき、こちらのアイデンティティーをどれだけ考慮してもらえるか。いまの日本人はあと回しにされるでしょうね。

阿川 お好きな国は……。

宮本 スペインとか。ハンガリー、チェコも好きです。共産圏でなきゃいいのになんて思います。ドイツもミュンヘンとかは好きです。フランスは南のほうの田舎がいいですね。

阿川 だけど僕、むちゃくちゃに汚いところ、たとえばバンコックなんか好きですね。俺は昔ここにおったんと違うか、という気がするほど。運河の奥の朝市なんかに行くでしょう、元気が出てくる。

阿川 バンコックは行ったことありませんけど、東南アジアの国々のあのバイタリティーには圧倒されますね。日本人はいままでは西洋にばっかり目を向けていたけれど……。

宮本 東南アジアに向いているのはおっさんたち、つまり買春ツアーですよ。バンコックに行ったときのことだけれど、ものすごく恥ずかしかったね。皇后大浴場という派手なネオンがついた建物の前で、僕の乗ったタクシーが信号待ちで止まったの。運悪く、ちょうどそのとき日本人の団体がそのなかから出てきて、それがまた大阪弁やねんな（笑）。しかも、そのうちの一人の男が、前のチャックを開けたままで出てきたの（笑）。「よかったなあ」とかいって……。（笑）

恥ずかしかったね……。噂には聞いていたけれど、ほんまにするやつおるんやなって……。よっぽど感動したんやろけど、せめてチャックくらい閉めてくれよなといいたい（笑）。日本人て最悪の民族やと思うたね。

阿川　ソウルのレストランで、大声で前の晩のことを報告し合っている日本の男の人たちを見かけたことありますけど、韓国では日本語がわかる人もたくさんいますから、そんなの見たら日本人を嫌うのもしょうがありませんね。

宮本　北京飯店にカラオケ・バーができていたのにもびっくりしました。

中国でもみんな人民服という時代が終って、ちゃんとしたホテルではウェイトレスがチャイナ・ドレスを着ていたりします。チャイナ・ドレスというのは、動きやすくするためスリットが深くなっているんですが、それを見て、日本人の男性客でお尻にさわったりするのがいる。とにかく傍若無人なんです。そういうやつは、一人でそんなところにいたら口もきけんくせに。うしろから頭叩いたろ思った。（笑）

南京で中国人の女の子に、日本人に対する印象を聞いたんです。言葉が通じないものだから筆談になったのですが、彼女はただ二文字、「好色」と書いた。恥ずかしいですよ、これは。

阿川 いままで西欧に対して頭が上がらなかった分、アジアのほうにそのうっぷんを……。

宮本 復讐は弱いものに向けられるんですね。日本人の最大の劣等感は、何たってまず第一にスタイルの悪さですね。アジア人のなかでだって、日本人が一番スタイルが悪い。明治以降、日本が近代国家として歩みはじめて、エリートがヨーロッパへヨーロッパへと行った。思い知らされて帰国したと思うんだね。何着ても似合わん、タキシードなんか絶対似合わん、ソフトの帽子絶対似合わん、ブレスレット似合わん、指輪も似合わん。向うのものは全部似合わん（笑）。つまり、外から与えられたものを自らのものに消化する能力は、日本人には皆無なのかもしれないってことですね。単にそういうことだけではない。もっと深い、人間の営為としての文化全般にわたって、徹底的に劣等感を味わってきたんだと思う。外見的なスタイルの悪さは、内面的なものにも関わっているんじゃないかな。

阿川 逆にヨーロッパのほうから見れば、あんなスタイルの悪い国民がなんで経済大国であり得るのかなんて思っているかもしれませんね。

宮本　一度ハンガリーの青年を家に預かったことがあるんです。それでヨーロッパの青年たちといろいろ話すことがあったのですが、いまヨーロッパは景気がよくなくて、あちらの大学出てもなかなか就職できないものだから、日本に留学するのがいる。ある程度の成績をおさめると、日本政府から月に一七万円もらえるのです。だから帰国しないで、大学院に進み、マスターからさらにドクター・コースへ行く。向うで就職するよりも、はるかにいい金儲けになるってわけです。で、本当に勉強したいと思っているアフリカとかの開発途上国の学生に対しては、文部省は非常に冷たいんだけど。

そういう彼らが日本を批判するわけね。ギリシアの青年といっぺん喧嘩したことがあります。「日本人はどうしてそんなに働くのか」という。「働かなければ食っていけないじゃないか。こんな小さな国でどうして経済大国になったのか。みんな働いたからだろう」、「どうしてそんなに働いてまで経済大国になりたいんだ」、「経済大国になりたいから働いたんじゃない、働いた結果としてこうなったんだ。お前、その恩恵受けて一七万もろてるやないか。アホ。そんなに日本が嫌いやったらギリシアに帰って働け」。（笑）

その一七万、俺の払った税金やいう気があるからよけい腹立ってね。日本人を馬鹿

にしやがって、という感じで、クソッ、もうこうなったら戦争や……。（笑）

阿川　大袈裟な……。（笑）

宮本　ほんま、こうなったらとことんやるね（笑）。僕が外国へ行ってカッとなるのは、日本人をなめやがって、と思うときですね。自分にはまったくいわれのないことでトラブルがあったとか、何か僕自身恥ずかしい思いをしたようなときに、僕個人が馬鹿にされたんじゃなくて、日本という国が馬鹿にされたんだという気持になる。相手に対しても、目の前にいるトラブルの原因の当人に腹が立つのではなくて、その国に対して腹を立てている。最近そのことがわかってきた。

これは、人間が外国へ行ってそういうことがあればだれでも覚える感情なのか、それとも日本人に固有のものなのか、日本人の国際性のなさを示すものなのか……。そ『アラビアのロレンス』で、ロレンスが、あれほど愛したアラブ人を最後に犬ころを殺すように殺すでしょう。憎しみは特定の個人に向けられていたはずなのに、それが全体的なものにすりかえられてゆく。こういう例もありますからね。

阿川　結局、宮本さんは、日本に対する愛深きがゆえに、日本（人）をお嫌いなんですね。

宮本　そうなんでしょうね。

阿川　最後に月並みな質問ですが、これからお書きになりたいことについて一言。

宮本　世界のいろんなところを見ましたのでね、ある時代を設定して、世界のいくつかの場所で同時に営まれていたこと、そしてばらばらに見えたそれらの営みの主人公たちが、一つのとてつもない歴史的ドラマに参加することになる。それを長篇で書きたいなと思っています。

阿川　きょうは楽しいお話をたくさん、ありがとうございました。

（'88・7）

冒険とは

椎名 誠

しいな・まこと

昭和19（1944）年、東京生れ。著書は『犬の系譜』（吉川英治文学新人賞受賞）、『アド・バード』（日本SF大賞受賞）、『本の雑誌血風録』『あるく魚とわらう風』『みるなの木』『風の道　雲の旅』『突撃　三角ベース団』『とんがらしの誘惑』『黄金時代』、東海林さだお氏との対談集『ビールうぐうぐ対談』ほか多数。

はっきりいって、私は昔から「いい男」と評判の人に会うのが苦手である。そんなにいい男はとてもモテるだろうから、それを充分意識しているに違いない。そして、カッコ良い女性しか眼に入らず、よって、私なんぞと心を割って話なんかしてくれないに決っている。適当にあしらわれ、ほどほどにほほ笑みかけられ、憧れた分だけ、あとで寂しさが残るのは悲しい。それが単なるヒガミと嫉妬であると知りつつも、臆病者の私は最初から「定評いい男路線」だけは、なるべく避けて通ることにしているのである。

その点、椎名さんはどこで聞いても「いい男」と大評判の人だった。女性に「ステキ！」と騒がれる（私のまわりにも黄色い声をあげている女がウジャウジャいる）だけでなく、同性にも「いい男なんだよなあ」としみじみいわせしめている。こんな人はめずらしい。いったいこの椎名現象はなんなんだ。しかし、私は騙《だま》されませんぞ、会ってポーッとしたりせず、冷静にその魅力を分析してみよう……と、なかば意地になって対面したのであった。

阿川　『本の雑誌』の編集のほうは、編集長というお立場でいまもずっと続けておられるのですか。

椎名　そうですね。

阿川　五月から月刊誌にされたそうですが、それまでは……。

椎名　隔月刊。

阿川　発行のいきさつはどういうことだったんですか。

椎名　会社つくって雑誌をこんなかたちで出そうなんて気はまったくなかったんですよ。自然にこういうことになったというか、そもそもは、いまの発行人の目黒考二という男がオレにくれた一通の手紙からなんです。話せば長いことになってしまうんだなあ……。（笑）

阿川　これは噂ですけれども、『本の雑誌』は発売予定日になかなか出なかったとか……。

椎名　昔はね。オレが進行やっていた頃の話……（笑）。「いいよ、出さなくったって死にやしないんだから」なんていいながら、ひと月ぐらい平気で遅らせていました。いまは社長についている女の人がやっている。だからきちっと守られている。うちは、大事なところは全部女の人が守ってくれています。経理とか、広告とかも……。オレたちは何もしなくていいんです。（笑）
編集会議は、オレたちは必ず酒場でやるんですよ。会社で会議したことない。営業のやつらがときどき会社のなかで難しい話をしていると、オレと目黒は不機嫌になるんです。「会社でそんな難しい話はするな。そういうのは酒場でやれ」(笑)。変な会社なんです。もともとが酒場でのおしゃべりからスタートした仕事だから……。

阿川　編集のお仕事のほかに小説も書いて、また冒険家としてのお顔ももっておられる。何か区別してというか、計算のもとにそうしていらっしゃるのですか。

椎名　全然そういうことなしです。計算していたら、そういうことはたぶんできない。見事にいい加減なんです(笑)。流れるままにやってきたというだけの話なんです。ただ、やっていることはどれも面白がってやっています。いやなことはやめようと思ってこうなっちゃった、という感じかな。

阿川　いやなことというと、たとえばどんなことですか。

椎名　たとえば会社勤めとか。組織のなかにいて上司に仕えたりするのいやなんですね。『本の雑誌』も組織じゃないかといわれればそのとおりなんですが、そんなつもりでつくったわけじゃないので、きわめていい加減なところがある……。いやなんですよね、会社が大きくなってくるのが。

阿川　小さい頃、こんな人になりたいなんて、何か夢がおありでしたか。

椎名　どうだったかなあ……。写真家になりたかったんですよね。あっ、でもそれはもう少しあとになってからで、子供の頃はロビンソン・クルーソーみたいに島で暮す人になりたかった。

阿川 無人島に……。

椎名 そこまでは考えなかったけれど、わりに真剣にね。

阿川 海に憧れたんですか。

椎名 そうですね。海がすごく好きだった。海のそばに住んでいたしね。

阿川 写真家になりたかったというのは、海を撮ってみたいとか外国に出てみたいとかいうことで……。

椎名 写真家というのは、何だか面白そうだと思ったんですよね。でも実際には酢酸の匂いのする世界で、シャッター押して恰好よくしていればいいというものではなかった。すごく地味な仕事でね。

オレは飽きっぽいのかもしれないね（笑）。別なことが見つかるとスイッとそっちのほうへ行っちゃうところがある。

阿川 思い切りが早くて、「やめた」という感じになられるんですか。

椎名 ええ。あんまり悩まない。以前十四年間ぐらい勤めていた会社を辞めるときも、そんなに悩まないでぱっと辞めちゃったですね。

阿川　何がいやだったのですか。

椎名　枠のなかに閉じ込められているという感じがあって、そこから脱出しようと考え出したら、もう駄目という……。

しかし面白いものですね。いま子供のときの話が出ましたけれど、この頃、夢をずっともち続けていると、いつかそれが実現するんだなあと思うことがあったんです。

タクラマカン砂漠に楼蘭というところがあって、そのすぐ近くにロプ・ノールという湖がある。「ある」といっても、この湖は千七百年ごとに移動していて、「さまよえる湖」というロマンチックな名前がついているのです。

小学六年のときに、スウェーデンの地理学者スウェン・ヘディンの書いた本でこの湖のことを知って、そういうところへいつか行ってみたいなあと、ずっと気にしていた。ところがヘディン以後、外国の探検隊は一切入っておらず、サンクチュアリみたいになっていて、諦めかけていたのです。

それが、朝日新聞が創刊百周年記念に企画を立て、中国政府と交渉し、実現することになって、オレのところへ話がきた。大喜びで「行きますよ」といったね。この九月十五日に発ちます。

だから、たくさんの夢をもち続けていると、たくさんのことが実現するんじゃない

かと……。（笑）

阿川 どのくらいの期間をかけていらっしゃるんですか。

椎名 二カ月ですね。

阿川 そうそう楽な旅ではないでしょう。

椎名 ええ。去年はオーストラリアの砂漠でハエと闘ったけれども、今度は水ですね、水がまったくない。湖も、もう乾きあがってしまっているのね。それを訪ねるんだけれども、科学が進歩するとランドサットで見えちゃって、ちょっとつまらない。あるかどうかわからなくて、行ってみてから「あった！」というほうがうれしいでしょう。

日本に戻ってくるとカルチャー・ショックを受けるんです

阿川 〝冒険家〟という言葉がもつ意味、よくわからないので使うのに抵抗を感じるのですけれど、だれも行ったことのない土地に挑戦するとか、厳しい状況に身を置いてどこまで耐えられるかやってみるとか、いろいろあると思いますが、椎名さんの場合には何ですか。

椎名 オレ自身もよくわからないけれど、そんなふうにいわれると、オレは〝業務上冒険家〟だということにしているのです。仕事絡みですからね。植村直己さんと違うんです。

最近気がついたのですが、このところ、昔のすごい人のあとを追いかけているケースが多いですね。

阿川　歴史上の、本にあるような……。

椎名　ダーウィンとかマゼランが行ったところに行ってみたいとか……。去年オーストラリアの砂漠に行ったのも、いまから百年くらい前にそこに行ったクーパーズ探検隊の跡を訪ねるためだったんです。

その前にロシアに行ったときもそうです。大黒屋光太夫という日本人の足跡を追ったのですが、この人が日本に帰ったときの年齢がそのときのオレと同じで、そのせいもあってオレは燃えましたね。家族と故郷を捨てて十年間もあんなところをさまよった男を追いかけて……。

阿川　その人間に対する思い……。

椎名　そういうの、すごくありますね。大黒屋光太夫がその十年間、漂流のときなどに見ていた浄瑠璃本がロシアの歴史図書保存館みたいなところに置いてあって、それをパラパラめくってみたら、いろいろないたずら書きがある。そして、端っこのほうに「おしま」なんて書いてある。奥さんの名前か恋人の名前かわからないけれど、ずっともち歩いていた本に好きな女の名前が書いてある。すごくいいでしょう。しばらく眺めていましたね。大黒屋光太夫のそのときの思い、苦しみ、孤独がその文字にこめられているような気がしてね。こういう現物を手にできる旅というのはいいですね。オレもどこかでそういうふうになったら、おかあの名前書くのかなあなんて思って……。いやだなあ。（笑）

阿川　そういうところから帰っていらしたときの気持って、どんなですか。

椎名　以前は、短期で一カ月くらい、普通二カ月とか二カ月半くらいの旅をして、その土地の文化に触れてショックを受けて帰ったものでしたけれど、いまは逆。日本に戻ってくるとカルチャー・ショックを受けるんです。

阿川　日本に対して……。

椎名　ええ。たとえば異常に音がうるさかったり、異常に便利すぎたり……。

大体、辺境の地は何事も不自由でしょう。食べたくてもものがないわけだし、それは当然なのですが、日本に帰ってくると、食べたいものが食べたいときに食べられる。夜中の十二時になろうが一時になろうが、セブン‐イレブンがあって何でも買えるというのは、恐ろしいことですよ。恐ろしくて申しわけなくてありがたくて、という思

いで二日間ぐらい過ごします。（笑）

阿川　私も、テレビの取材でエチオピアに行って帰ってきてから、食べものを残したらばちが当ると思いましたね。二週間くらいしか続きませんでしたけれど。（笑）

椎名　それからこんなこともありました。ニューギニアの島にしばらくいたことがあるんです。あそこは男は褌《ふんどし》で女は腰みの、食べものも芋とか、魚はサメというところです。

そういうところで生活して日本に帰ってきたとき、家の玄関の扉を開けて目の前の二階へ通じる階段を見て、ガーンと感動したんです。階段のあの九〇度の角度が何ともいえず美しく、すごくいいわけ（笑）。障子の桟《さん》の四角いのがぴしっとして美しいわけ。何かどきどきしてくるんですね。（笑）

どうしてかと考えたら、島ではそういうぴしっとした角度のあるものがないの。木とか草とか花とか、動物、海、空、雲、風、雨、火、波頭……。そういうものだけなんですね。みんな不定形なんだな。

科学とか文明というのは、要するにそういう角度を生み出すものなんだって気づいた。その感動は、酒飲んじゃったから一日しかもたなかったけど、楽しんだね。この奇妙な感じって、すごくいいでしょう。

それから、ロシアへ行って帰ってきたときのことです。あそこでは冬にオレンジを買おうとすると一時間並ばなければいけない。おっかない婆に怒られながら必死になって買わなければいけない。買ったらもう手柄ですよ、「買ったぜ、やったぜ、オレにもできたぜ」というわけ(笑)。しかも半分くらい腐ったようなのを。

そんなところから日本に帰ってきて、目の前に果物屋さんを見たときの感動……。オレンジとかネーブルとかポンカンとか、数えたら一七種類もあった。感動のあまりメモをとったの、愛媛みかんとかいろいろ。そしたらその店の親父が出てきて、「何書いているんだ」と。「いま、オレ、みかんに感動しているんです」といったってわからないだろうし、あのときは困った。(笑)

しかし、そういう体験は楽しいですね。

阿川 エチオピアでは参りました。トイレット・ペーパーがあんなに貴重なものだとは知りませんでした。トイレも、ちょっと田舎に行くと、四畳半くらいの部屋の隅に穴があるだけのもの。日本に帰ってトイレを見て感動しましたね、何てきれいだろうって。

椎名 紙を使うトイレ文化というのは意外に少なくて、世界で三四パーセントだそうです。手と水を使うのが一番多い。アラブなどは砂。石を使ったり、葉っぱを使ったり、川のなかでするところもある。

ニューギニアに出かけたとき、どの辺りまで紙があるか、紙がなくなったときは「文明よ、さようなら」ですから、気になりましたよ。やっぱり少しさびしいんだよね。（笑）

それから、日本に帰ってきてちょっと異常だなと思うところがある。この前もすごく怒ったんだけれども、車に何かを接触させて擦り傷をつけたらしく、車のおじさんが女の子を口から泡出すみたいにして怒っているの。その車はシーマだからわかる気もするんだけど、女の子は謝っているんだよね。そんなのは事務処理すればいいわけで、怒ってもしょうがないでしょう。

日曜日にハァハァ息を吹きかけて車を磨いているお父さんたちをよく見かけるけれど、こんな車の扱い方をしていると、子供にぶつかって怪我させても、その子を「大丈夫か」と抱きかかえるんではなくて、車のほうをさきに見てしまうことになるんじゃないかしら。こんなところ、日本の物質文化の異常さを感じます。

そういうことが頭にあったものですから、さっきのおじさんに怒ってしまったんです。「何だ、貴様」なんていわれましたけど。

阿川　東京に住んでいたら、そういうことごまんと。

椎名　ありますね。どこか環境の厳しいところから帰ってくると、仕事場が新宿にあるんだけれど、あそこにたむろしてピーなんて女の子をひっかけているやつを見ると、片っ端から殴りたくなっちゃう。ぬるま湯のなかで物質文明に満足しきっているやつを見るとたまらない気持になる。オレのそういう状態を「川俣軍司化」といっているんだけれど、帰ってきて三日間くらいは、だから危険なんです。（笑）

阿川　さっきの話に戻りますが、ロプ・ノール行きが実現するとして、ほかに夢はどんな……。

椎名　ヘイエルダールのコンティキ号は無理としても、かなり原始的な恰好で航海したいですね。あとは、馬に乗って東海道五十三次を旅したい。（笑）

阿川　馬はお乗りになるんですか。

椎名　馬は大好きです。以前何も知らないうちに乗せられて馬のケツひっぱたかれて、なんていうことで否応なしに覚えさせられたんです。それ、スペイン語圏でのことだったんですけれど、「走れ」と「止まれ」を逆に覚えていて「止まれ、止まれ」といってもひたすら走られて、苦しかったことがある（笑）。もっとも手綱を引けばよかったのだけれど。

阿川　お怪我は……。

椎名　落馬はいままでに結構しましたけれど、オレ、そういうのわりに強いんです。

阿川　いくら〝業務上冒険家〟といっても、自分で納得した綿密な計画でないと……。

椎名　そんなことといっている状態ではないことが多いんです。

三年前の話なんだけれども、あるテレビのドキュメンタリー番組で海にもぐるのをやらされたんです。海は好きですけれど、そのときダイビングのライセンスなかったから、その番組のために新宿のドゥ・スポーツでライセンスとって、伊豆海洋公園で一回もぐり、それでオーストラリアのグレート・バリア・リーフに行っちゃった。

阿川　大胆……（笑）。ドゥ・スポーツもびっくりする。

椎名　それでドーンと入ったところに、二メートルから三メートルもあるでっかい魚がすり寄ってくるの。襲ったりしないんだけど、オレの声、震えているんだよね（笑）。それ、すっかり録音されて、恥ずかしかった。椎名というのは案外だらしないといわれた（笑）。だけどはじめてだものね。

それから、これはまだどこにも書いてない話だけど、やはり海でのこと。ディレクターがやたら派手好きな男で、「オープニングはいままでの水中映画などとは違うことをやりたい。せっかく椎名さんがやるんだから、ヘリコプターから飛び込むシーン

を撮りたい」というわけ。そのときはまだ日本にいるときで、男の見栄でオレも「いいですね」とかいった。（笑）

　それをけろっと忘れていたんですよ。現地へ行って、その旅が終る頃、「さあ、明日いよいよやってください」というんです。すべてお膳立てが済んでいて、しかも翌日行ったら噂を聞いて観光客が大勢集まって見物しようとしている。

阿川　どのくらいの高さから飛び込むんですか。

椎名　飛び込むときはずっと下がって七、八メートルのところからです。ボンベつけて。

阿川　すごい衝撃でしょう。

椎名　その衝撃よりも、プロペラの風がすごくて参っちゃった。早く飛び込んで楽になりたいと、そういう気持になっちゃうの。

　下に水中カメラが待っていて、それを見つけて飛び降りるんだけれども、マスクやボンベがとれないようにおさえながら、でもそんなにはずれないところに降りられた。そのカメラの人が中村征夫で、それから彼とは親友ですよ。

阿川　死ぬかもしれないときに、下で待っていてくれた人……。

椎名　死にやしないだろうけれども、そんな仕事でしたからね。

水中の撮影が終って水面に上がってきたら、ディレクターがヘリコプターからマイクで、オレが一人で泳いでいるところを撮りたいから、「椎名さん、そのままで横に動いてください」という。もぐりは終ったし、泳ぐだけなら楽だと思って泳いでいたんです。

ところが、ヘリコプターで起るさざ波というのは、小魚が跳ねていますから、サメが寄ってくる一番危ないところなのです。あとで責任者に叱られましたね、すごい勢いで。ディレクターは海にもぐらない人だし、オレも知らないからそんなことできたんですね。知ったらもうできないな。（笑）

それがいままでで一番怖かったことですね。テレビのやつらのいいなりになっていると死んじゃうな、と。（笑）

阿川　当り前ですよ、そんなの（笑）。今度はその手にお乗りにならないように。

椎名　そうだね。（笑）

よれよれのジーパン、コバルトブルーのシャツ、灼けた肌にやさしく下がった目。俺と僕をごちゃまぜにしてのったりと話す椎名さんの声の背後に、広い大地や青く揺れる海の景色が浮んでくる。だからなんだというわけではないけれど、確かに椎名さんの話し方には相手を引きつける魔力がある。ときどき椎名さんは、「……だったんだよお。いいでしょう」と同意を求めたり、「そそ、聞いてほしい話があったんだ」と、いかにも私を必要としているような話題の持ち出し方をなさる。こういわれてしまうと、グラッとくるでしょう。いや、別に私がグラッときたわけではなく、一般的にそうなるだろうといっているのである。

あるとき、息子が「もうオレのことは書くな」と涙を浮べて……

阿川　書くほうのお仕事は、何かそういうことを帰ってきてから活字にするということですか。

椎名　作家の娘に向っていうのはちょっと……。（笑）

阿川　作家の娘は何もわからない。（笑）

椎名　書くということでは、いま小説が好きですね、嘘が書けるでしょう（笑）。私小説風のものと、それとはまったく逆のものを両方書きたいと考えているんですけれど……。

阿川　私小説というのは……。

椎名　明るい私小説というか、たとえば家庭を書く場合……。あ、そうだ、きょうはこちらから訊こうと思っていたんだ。父親が書いている場合、娘の立場としてはどんな……。（笑）

阿川　一日中家にいていやだなとか、締切りが近づくと機嫌が悪いとか思う。

椎名　自分のことが書かれるという危惧はどうですか。

阿川　それはありました。小説だから事実そのままではないのですけれど、こちらとしては理不尽なことがいっぱい出てくる。それにそれを読む人たちから、「あれ、あなたのことでしょう」とかいろいろいわれる。わが家のことをまったく知らない方が読むのはいいのですけれども、ある程度知っている人に読まれるのが一番いやだった。学校でもいわれるし……。だから父の本はほとんど読んでません。

まあ、最近は私も原稿のマス目を埋めるようになって、いたし方ないと思うようになりました。いま、これまでの怨念を晴らしています。（笑）

子供の頃、小説家の娘だということを内心誇りに思っていたところがあったのですけれども、そういうことで自分に近づいてくる人、たとえば国語の先生などは苦手でしたね。私が国語がよくできると思われたらしいのですけれども、全然駄目でしたしね。同じ子供でも、兄は違う。活字が身の回りにないとおかしくなるたちで、活字という活字は全部読んでしまうといった具合で……。

椎名　いやあ、すごく参考になるなあ（笑）。オレも息子のことを書いたことがあって、愛情をこめ、友情をこめ、男同士のつきあいというようなことで書いたつもりなんですが、あるときまわりの人たちにいわれたらしく、「もうオレのことは書くな」といいましてね。涙を浮べて抗議するんですよ。悪いことしちゃったと思って、それからは息子のことは書いていません。中学の入学のときまでです、書いたのは。

息子のことは二冊書いたのですけれど、一冊目のときにサインして、「これはお前のことを書いた本だ」と渡したのです。「そうか」なんていって、最初の一ページ読んだだけでポンと放り投げられちゃった。うちのガキらしい反応だと思ったけれど、うれしいようなさびしいような複雑な気持でしたね。

しばらくして続刊を書いてまたあげたら、「まだこんなもの書いているのか」って怒り出してね。いつの間にか一冊目を読んでいたらしい。「オレの悪口ばかり書いて」という。飯を五回も食うとか、やれ糞をたくさんするとか、悪口じゃないんだけれども、女の子たちが読んで冷やかすんでしょうね。

阿川　ある程度誇張されて書かれることになるでしょう。それが子供心には理解できないのです。でも、「親父はこういう見方を自分に対してしていたのか」と、もうしばらくすると、岳君（椎名氏の長男）もそんなふうに思えるようになるのではないかしら。

うちではいまは、私が家族のことを書いて弟に文句をいわれています。「冗談じゃねえよ。オレたちのことを書くのが家のなかに二人もいたらたまらない」。（笑）

椎名　それはそうだ（笑）。息子が大きくなって、「親父はあれは愛情で書いたんだな」とわかってくれるようになるのを心待ちにして……。しかしそのとき親父は草葉の陰かも……。（笑）

阿川　近々北海道にお移りになるとか……。

椎名　ええ。いま進めているところです。最初は東京に力点を置かざるを得ないでしょうが、そのうち東京から足を抜いちゃおうという考えです。

阿川　東京がいやになられたんですか。

椎名　というより、向うのほうが海、山、川がすぐ近くにあって面白い。近所に大きな農園やっている友だちがいて、そこに牧場もあるから、馬を飼いたい。道産子に乗ってぱかぱか隣町まで行くなんて、いいでしょう。おかあも行くといってるしね。

阿川　その「おかあ」「おとう」というのはずっと前から使っておられるのですか。椎名さんがそういう呼び方を……。

椎名　子供が勝手にそう呼びだしたんです。「よその子は『さん』つけてるぜ」といったら、ヤツは「うちは『さん』つけるほど偉くない」なんて。（笑）

阿川　いくつのときですか。

椎名　小学校に行く前でしょう。日本昔ばなしに出てくるような呼び方ですよね。

阿川　そういうの伺うと、口ではいい合いしていても、何かそれだけではないという気がしますね。

椎名　きのうも仲間と一緒にテントもって千葉に行きましたよ。廃屋にもぐり込んで、三、四日過ごすらしい。

阿川　そういう息子さんとご主人をもたれた奥様ってどういう方なのかしら、たいへんだろうなあ。

椎名　おかあのほうがもっとすごい。最近日本にいないもの。チベットだモンゴルだって、しょっちゅう一人で出かけている。

あまり話したことないんですけれど、大学生の娘もいるんです。このあいだまでロサンゼルスに行っていて、きょうまたどっかへ行っちゃったけど、中目黒のほうに住んでいるの。たまに親子四人が会うでしょう。大きくなっているし、照れくさくてね。

阿川　「大きくなられましたね」って感じ。（笑）

椎名　「はあ」なんていって（笑）。一緒にご飯食べるの、二カ月に一回くらいの頻度ですね。何か妙に緊張するものがあります。

阿川　新鮮でいいじゃないですか。

椎名　そうですね。面白いと思う。

阿川　離散家族だ。

椎名　オレがタクラマカンへ行くとき、おかあはチベットのカイラスに行くから、オレんちはこの秋、両親が天山山脈はさんでユーラシアにいることになるんです。異常な家族……。（笑）

ささいなことにキリキリせず、気負わずユーモアをもって、あくまでも自然体で押し通す。愛する家族と愛する仲間に見守られ、きょうも椎名はどこへ行く。対談が終ると、長身の椎名さんは私に向い、「じゃ」と軽く会釈をし、ゆっくりと去っていかれた。と思ったら、すぐにまた戻ってきて、

「いや、きょうはとても楽しかった。どうもありがとう」

その瞬間、私の心臓がドキンと高鳴った。この一言がたとえお世辞であったとしてもかまわない。ほんとうに椎名さんはいーい男である。

（'88・10）

好奇心とは

村上　龍

むらかみ・りゅう

昭和27（1952）年、長崎県佐世保市生れ。武蔵野美術大学中退。大学在学中の51年に『限りなく透明に近いブルー』で群像新人文学賞、芥川賞を受賞。著書に『コインロッカー・ベイビーズ』『愛と幻想のファシズム』『トパーズ』『五分後の世界』『共生虫』『希望の国のエクソダス』『タナトス』などがある。

阿川　村上さんはテレビにも出ておられて、「気ままにいい夜」のホスト役をしていらっしゃいますが、あの番組はかれこれ……。

村上　二年目に入ったところです。

（阿川㊟　もう終っちゃった……。）

阿川　ときどき拝見していますが、視聴率はなかなかいいようですね。

村上　放映されるときは、僕はほとんど見ていないんですけれど、最初の頃はかなりひどかったらしい。半年もてばいいとかみんなにいわれていたんですが、視聴率が少しずつ上がってきたようです。

阿川　このあいだ見かけましたけれども、〝リューズ・バー〟に似たようなお店も現れてきて、ものすごい反響だと思いました。

村上　真似する人がいるからね。手前味噌になるけれど、あれ、やってて結構面白いんです。

阿川　拝見してても面白いですね。つい引き込まれちゃう。

村上　お袋が、お前は舌が短いんだから、注意してもっとわかるようにしゃべろというのですけれど、とにかく出てくる人たちが面白いですからね。

阿川　ゲストの方のお話が面白いということももちろんあるけれども、村上さんのリ

アクションが……。(笑)

村上 正直ですから……。ゲストには僕とまったく違う価値観の人がいたりして、しかしそのこと自体はいいんですけれど、全然話がかみ合わないときがあるでしょう。そうするともう完全に僕はしらけちゃうんです。それで「ああ、早く終らないかなあ」なんて、つい時計を見ちゃったりする。(笑)

阿川 そうなんですか。露骨なんですね。(笑)

村上 だれでも、面白い人だったら、もっと話していたいという気がするでしょう。相手のほうもそうなるし。

阿川 村上さんは、サービス精神というのはあまりない……。

村上 いや、あるんですよ。あるんですけれど、あれ、実は一日に三本撮ったり四本撮ったりしていて、結構しんどいんです。はじめの頃は二本ずつ撮っていたんですけれど、そのうちに僕のほうで海外取材で出かけることが多くなって撮りだめするようになり、一日に三本とか四本もやるようになった。今度は五本やろうか、なんていっています。五本やると、一カ月分が一日で済んじゃう。テレビ局のほうでも、スタジオの使用料とか、一日で済むから安上がりになるでしょうし……。

阿川　ずいぶんと経費節約になるでしょうね。
村上　そうですよ。だからギャラを上げろといっているんですけれど……。（笑）
阿川　じゃあ、四本目くらいになるともう……。
村上　でもまあ、大体ペースがわかってきましたから。
阿川　あの番組に出られるようになって、何か変化がありましたか。
村上　有名人になっちゃいました。（笑）
阿川　小説からくるイメージと映像からくるイメージとは……。
村上　僕に対するイメージは、何となく生意気でいやな奴というのだったらしいです。難しい人だと思っていた人が多いみたい……。
阿川　私も何となくそのように……。
村上　難しいところもあるんですけれど、どっちかというと明るいほうなんですよ。テレビ出演の話も、それをもってきた電通の人の頼み方がとてもうまくて乗せられちゃったということもあるけれども、友だちが「お前は本当は明るい性格なのに、暗いイメージがあって損している。テレビに出てみてもいいのじゃないか」というものだから……。
だけど、最初はいやだったですね、何だか恥ずかしくって……。

阿川 反応のほうはいかがですか。

村上 傲慢ないい方になるけれども、僕は自分の小説が面白いという自信があるから、テレビを見てどんなやつだろうと思って小説読んだら面白かった、という反応が多くて、それがうれしいですね。だから、昔の本から何から、いま重版かかってすごいですよ。

阿川 そうでしょう。本屋さんに行くと、春樹さんと共に「村上」という苗字の人の本ばかりダーッと並んでいる……（笑）。やっぱりうれしいですか。

村上 昔のものの重版はうれしいですね。

阿川 ガッポ、ガッポ……。（笑）

村上 重版は、ほとんど不労所得みたいなものです。

阿川 「重版のお知らせ」という葉書が……。

村上 ちっちゃい紙ね、バンバン来ますよ、最近。平均すると一日一枚くらい来るんじゃないですか。でも、こういう時期もあるんだろうなというぐらいの感じですけれどね。

阿川 コマーシャルにも出ていらっしゃる。いかがですか。

村上 友だちが、真面目な企画だからいいんじゃないかというので引き受けたんですけれど、ポスターなんか見るとびっくりしますね。

阿川　書くのが本業だから顔を知られるのはいやだという人と、どちらも適当に楽しんでいらっしゃる方と、両方ありますでしょう。

村上　でも、テレビに出るのが好きという人は、本当は照れ屋なのではないかなあ。照れの裏返しみたいな、一種やけくそみたいなことでテレビに出ているような気がする。僕も……。やけくそかもしれない。まあ、いいやというか……。

照れると愛想がよくなる人と、なんとなく愛想が悪くなる人がいる。村上さんはどちらかというと、後者なのではないかと思われる。とくに最初のうちは厳しい顔つきで、肩なんぞもいからせ気味に現れて、出てくる台詞は途切れがち。おお、これはどうしたことかと不安になりつつ会話を続けていくと、その一見無愛想に見えるポツリ、ボソリとした台詞の合間に、独特のジョークや、相手に対する気遣い、好奇心が含まれていることに気づく。

ときにそれは質問構文となってこちらに投げ返される場合もあるが、それらは相手（私）との会話を円滑に進めようという意図のもとに出てきたものとは、さらに思えず、むしろ突発的に、概して脈絡なく、独断的気紛れ勝手気まま的に登場するから、こちらはハテと驚く。いったいこの方の興味の回路はどうなってい るのだろうか。一瞬戸惑い、村上氏の顔を覗く。と、氏は口を尖《とが》らせて、まこと に真剣そのものなのである。
私はここで合点する。村上さんの照れを裏返すと、どうやらそこには尽きるこ とのない好奇心が顔を出すらしい。

魔法をかけたみたいに美しく
感じられるようなものを書きたい

阿川　『限りなく透明に近いブルー』でデビューなさったのは二十四歳のときでした かしら……。
村上　そう、二十四のときです。
阿川　ずいぶん昔なんですね。もっと最近のことかと思っていました。
村上　逆に、「えっ、十二年しか経っていないの」という人もいますよ。
阿川　そのときからいまに至るまで、作品のうえでご自分でどんなふうに変ってきた と思われますか。ずいぶん変られたんじゃないかという気がしますが……。

村上　変るといえば、僕は毎回毎回変っています。

阿川　意識的に変えておられるんですか。

村上　飽きちゃうんです。前と同じように書くことに。たとえば、細部をきちんと書くのは『コインロッカー・ベイビーズ』でやったから、というか、そういうやり方はこれで決めると思って書いていたから、それを書き終えたあとは、もうこれを超えるものは書けないと。だけどまあ、これは怠け者の考えることで……。いつだったか、自分は怠け者だということを阿川弘之氏にいいましたら、「それでいいんだ、それで。ライオンを見てみろ。雄のライオンは何もしないぞ」と、非常に勇気づけられましたよ。（笑）

阿川　だけどライオンって、一日に何回も……。

村上　セックスだけでしょう（笑）。ゆっくり寝て、セックスだけしていていいなら、いくらだってできますよ（笑）。狩りなんかを一所懸命やったら、疲れてできないですよ。

阿川　ぐうたらしているほうがいい……。

村上　そうではなくて、それが自然なんだとお父様はいわれた……。（笑）

僕は、一つ書いちゃうと、それと同じ方法では書きたくないんです。ネタに困ったらやるかもしれませんけれども、いまのところは本当にそう思って書いている。違う分野のものを書くと、テーマも違ってくるし、使う言葉もそれまでとは変ってくる。そうすると、文体も自然と変化してくるみたいですね。
去年（一九八七年）出した『愛と幻想のファシズム』（講談社刊）は、すごく苦労しました。

阿川 それまで書いておられたのとまったく異なる分野だったのですか。

村上 そうです。経済のことは何も知らなかったのです。カリスマの話を書こうとしていたので、そんなのがいるとは思っていなかったんです。

阿川 書いているうちに、どうしても経済のことがわかっていないと駄目だとわかった……。

村上 経済とは何かとか、そういう本から読んで勉強しましたね。
この前ニューヨークで、以前、野村證券の副社長をやり、日本人ではじめてニューヨーク証券取引所の正会員になった寺澤芳男さんという方に会う機会があったんです。この人は現在、ＭＩＧＡ（多国間投資保証機関）という、累積債務国を救うための世界銀行の下部機関があるのですが、そこの長官をしておられて、ニューヨークで仕事をしている日本人のなかではスーパー・スターのような存在の人ですが、その方が僕のこの本を読んでくれて、「細かいところは間違いがいっぱいあるけれど、面白かった。若い人がこういうことに関心をもつのは素晴らしい」といってくださったのです。すごくうれしかった、涙が出るくらい。

こういうことがあるから、作家という商売はなかなかやめられない。

阿川　でも怖いですね。専門家に何かいわれたときに、反論できるだけのものが用意されていなければいけない……。

村上　十の情報があっても、使うのは一ぐらいですからね。僕なんか、十勉強すると百ぐらい書きたくなるほうなんですが、この本についてはそれをしなかった。

阿川　どなたか専門家にチェックしてもらうとかいうことは……。

村上　いや、それはやらなかったです。もちろん野村證券や三菱総研や大蔵省の人たちにいろいろ話を聞きましたが、そういう専門職の人たちは世の中の動きを後追いのかたちで理論づけしていくのが仕事ですからね。僕が出した仮説については、だからだれもどういうことになるか見当がつかないらしい。

阿川　書きたいものというのは、どういうふうにして決められるんですか。

村上　何でもテーマになると思うけれども……。僕は、人々を啓蒙するつもりで書いているわけでもないし、ある道徳を押しつけようとして書いているわけでもないから、すごく自由にやっているという感じです。なかに盛り込まれていることが、一つ一つ見ればアンモラルであったりダーティーであったりしても、全体として見たときに、魔法をかけたみたいに美しく感じられるようなものを書きたいと思いますね。僕は昔からジャン・ジュネとか、ああいう小説が好きなんです。

阿川　村上さんの小説は、たとえば映画化されるという話になったときどういうふうになるかなと考えると、下手するとすごく変な映画になりかねないという気がするのですが……。

村上　テーマとか状況の設定でも、映像にはしにくいストーリーを言葉で構築して書いているわけです。だから脚本家の人はすごく苦労するらしい。僕の書くものが一見映像的だからやりやすいと思うらしいですが、その逆ですね。

阿川　村上さんのあの文章の空気を映像にするというのは、とても難しいような気がします。

村上　美意識が似ていれば、ある程度までは可能だと思うけれどね。

阿川　たとえば、登場する女性の描き方でも、すごく軽薄そうに見えるんだけれども、でもどこかに芯があるというか哲学をもっているということを、雰囲気で表現なさる。

こういう表現のしかたが村上さん独特のものなんですね。

村上　僕、びっくりしたんだけど、いま出ている『トパーズ』（角川書店刊）、絶対売れないと思っていたの。変な小説だからね。編集者も、雑誌に連載当時から売れないといっていた。ところがすごいの、三日間で一〇万部売れちゃった。どうしてなんだろうと思って、読んだ女の子に聞いたら、確かに住む世界は違うけれど、よくわかる、という。何だか恐ろしい時代になったなあって、その編集者と話したんですけどね。

阿川　これは自分とは違う女なんだと思うけれども、ふっと何かを感じるところからちょっとした反応が、普通の女の子の場合と同じなんです。

はっきりいうと、男の人が描く女性というのは、どこか嘘っぽくて違うと思うことが多いんですが、村上さんの場合は、わかってるなという感じがある。

そういう、女性の感情の機微を描くのも、村上さんの一つのテーマですか。

村上　別にそう思っているわけではないのですけれどね。あれは、ある意味で極限にある女の子を主人公にしたから、かえって女の子の普遍性みたいなものが出たんじゃないかと思います。普通のＯＬや女子大生を主人公にしたら書けないですよ。

阿川　いまの若い人たちに取材なんかなさいますか。

村上 たまに話すことはあります。でも、そういうの、別に小説に書いてやろうと思ってつきあっているわけじゃない。

阿川 読者は若い人が多いんでしょうね。

村上 そうですね。でも僕は、本当は自分より年下の世代にはほとんど興味ないんです。

阿川 お年寄りのほうに興味がおありなんですか。

村上 興味があるとすれば自分にしかないんじゃないですか、作家というのは。

F1レーサーはものすごく運転のうまい人。考えられないくらいうまい

阿川 さっき怠け者だというお話が出ましたけれど、そうおっしゃるわりにはいろんなことを手がけておられますね。

村上 面白そうだなと思ったことはやっているみたいですね。結構のめり込んでやりますよ。

F1レースも、アメリカ・ラウンドは休んだけれど、ヨーロッパは全戦回ったし、今度オーストラリアにも行くから、全部で一三戦見ることになります。こんなに行ったのは、日本の作家では多分ほかにいないんじゃないかな。

阿川　車にはもともと興味がおありだったのですか。

村上　好きでしたけれど、レースなんかはのめり込むほどではなかった。

阿川　何が面白いのですか、F1は。

村上　まずレースが面白いですね。それから、レースに至るまでのいろいろな段階における しのぎの削り方が面白い。

F1には実に多額のお金がかかっているわけだけれど、そのお金は無駄に使われていない。エンジニアからドライバー、スポンサーに至るまで、ぎりぎりのところを要求されるんです。百の力をもつ人が五十の力で勝負するというのではなくて、こうすればひょっとして速くなるかもしれない、これは大袈裟なやり方だけれどきっと速くなるはずだ、というところで、自分たちの能力よりも一歩先のことをやるのです。車体の設計は、車じゃなくてロケットやジェット機の専門家がやっているんですよ。そんなふうにして、みんながみんな、その最大限の能力を出し切ってやっているから、まず言い訳はきかないし、甘えも許されない。見てですごく清々しいんです。そういうことを知れば知るほど、レースも見ていて面白くなりますね。

また、レーサーの個性がとても面白い。非常に老成しているところと、子供のまんまのところがあってね。

阿川　エンジニアやレーサーの方とは話したりなどなさるんですか。

村上　中嶋悟さんとはよく話すんですよ。

阿川　このあいだはじめて鈴鹿でのレースをテレビで見ましたが、面白かった……。

村上　実際に見るともっと面白いですよ。やみつきになりますよ。

阿川　アイルトン・セナ、最初エンストして、何で一位になれるのかと思っちゃう。あれ、やっぱり技術なんですか。

村上　運転がうまくて、車が速いんです。僕らの考えでは、命知らずが乗っているような感じがするけれど、そうじゃない。ものすごく運転のうまい人が乗っているんです。考えられないくらいうまい人が乗っている。

阿川　運転がうまいというのは……。

村上　反射神経が抜群。必要なのは、それに体力ですね。何しろ、時速ゼロから一〇〇キロまで、たった二秒ですからね。見ているとわかりますよ。首や体が瞬間的にうしろへクッと動きます。

昔、ＧＣカーという、うしろにシートがある車に乗せてもらったことがあるんです。これはＦ１よりもうんと下のクラスの車なんだけど、ヘルメットをして、ボタンのある革ジャンを着て乗せてもらったら、走り出した途端にヘルメットがバーンと飛んで、ボタンがバラバラと取れてしまった。止めてもらって、ヘルメットをおさえて走ったんですが、今度は虫がピシッピシッと当るんですね。高速道路で一六〇キロくらい出すとフロントガラスに虫がピシャッと当るでしょう。これは平均時速二〇〇キロくらいだから。

阿川　どうしてＦ１の取材をはじめられたんですか。

村上　十一年前にはじめて見たんですが、去年久しぶりに見て面白いと思い、小説に書きたくなったんです。

Ｆ１というのは、基本的にヨーロッパのものなんです。ヨーロッパを知る手がかりは、絵画とか文学とかいろいろありますが、モーター・スポーツを通して見ると、そういうのとはまた違った点からヨーロッパが見えてきますね。ヨーロッパのいろんなところでレースが行われて、ふだんは決して行かないようなところに出かけます。いまヨーロッパは何か退屈な感じを与えていますけれども、そうではないんですよね。そういうところに行ってみると、文化的なストックとかノウハウがすごいんですよね。

阿川　一つのテーマをもって見に行くと、ただ観光で行くのとは違う部分が見えてくるんですよね。

村上　そうなんですよね。それから、すごく生意気なことをいうようだけれど、こんな感じもあるんです。

　このあいだの鈴鹿のレース、たしかにすごいと思ったんだけれど、どっか違和感がある。一緒に行ったジャーナリストと、「俺たち本場かぶれしているのかな」と話したりしたのだけれど、何か不自然なところがあるんです。Ｆ１が何か特別なものになってしまっている。もちろんヨーロッパでも日常の生活と同じレベルということはないけれども、もっと自然な感じなんです。伝統の違いといってしまえばそれまでだけれど……。

阿川　日本に入ってくる外国の文化って、クラシック音楽なんかもそういわれますが、どうも自然体で楽しむまでになっていない。

村上　要するに慣れていない。

阿川　慣れるまでに、あと二百年くらいかかりますかしら。

村上　かかりますね。日本人は勤勉だから五十年でいくという人もいますが、二百年というのは妥当な線ではないですか。日本マクドナルドの藤田《ふじた》田《でん》社長（当時）もそういってました。（笑）

阿川　こんなふうに多方面に興味をもたれる村上さんが、活字の世界に入ったというのはどういうきっかけからですか。
村上　小説書くのは一人でできるでしょう。それにお金もかからない。大学では絵も描いてましたけど……。
阿川　武蔵野美術大学でしたよね。
村上　ええ。どっか大学へはいらないと、親父が仕送りやめるというもので……。（笑）
阿川　おうちは佐世保でしたよね。
村上　そうです。うちの祖父が海軍で……。
阿川　どうも話がそっちのほうへ行く……。（笑）
村上　僕、あなたのお父さん、好きだから。（笑）
阿川　たまに会う分にはいいですけれど……。（笑）
村上　ええ。でも、家族の方はたいへんだろうなあ。理不尽に禁止したり拒絶したりなさるでしょう。（笑）
阿川　そうなんです。まず感情が先にくる。

村上 しかし、父親というのはそういうものだと思う。父権とは理不尽な禁止にあり。(笑)

いまは完全に父権が崩壊しちゃっているでしょう。だから、ああいう方はとても貴重な存在です。(笑)

阿川 中学の頃のことですが、日曜日に卓球の試合があって学校に出かけたんです。そこへ父から呼出しの電話がかかってきた。何か緊急のことかと思ってあわてて電話口に出ると、「すぐ帰ってこい」。試合中だからといっても、「とにかくすぐ帰ってこい」。何か用事があるのかと思って、一所懸命に早めに帰ると、何もないんです。日曜日に娘が家を出るのが不愉快なんです。(笑)

村上 聞いてる分には面白いけど、たいへんですよね。

阿川 何度家出しようと思ったことか(笑)。村上さんの父子関係はいかがですか。

村上 僕の父も、阿川弘之氏ほどではないけれども、結構、理不尽な禁止をやっていました。

阿川 将来の進路について何かいわれたことは……。

村上 そういうことについては、あまりいわなかったですね。

阿川 作家になるについては、反対されなかったですか。

村上　作家になったとき、僕、もう賞とってましたから……。びっくりしたみたいです、群像新人賞って知らなかったから、まわりの人たちから聞いて。

阿川　村上さんご自身はどんな父親でいらっしゃるのでしょう。

村上　息子とは結構一緒に遊びますよ、友だちみたいに。厳しくないですね。

阿川　教育には関心がおありですか。

村上　ありますね、やっぱり。どういう学校で勉強してもいいと思うけれども、語学だけはバッチリやらせておきたいですね。とくに英語は、ちょっと用が足りるくらいではなくて、自分の考えていることをちゃんとしゃべれるようにマスターさせておいてやりたい。そのほかにもう一つ、フランス語かスペイン語か……。

これからは、どんな職業についても、そのくらい必要なんじゃないかな。

阿川　作家の子供というのは、将来についてどう考えたらいいのかわからないところがあるし、世間知らずの面がありますね。

村上　うちの息子なんか、サラリーマンというのがどうもわからないらしい。毎朝会社に出かけるなんていうの、全然イメージがわかないようです。「お前、大きくなったら何になるんだ」といったら「作家になる」っていうんだよ。

（笑）

阿川　頼もしい（笑）。うれしくありませんか。

村上　うれしくない。「何でだ」といったら、「だって楽しそうだ。いつもいつもアフリカなんかに行くし」。（笑）

阿川　私なんか、そんなこと思ったこともなかった。結婚の相手だって、絶対に原稿のマス目を埋める仕事ではない人を選ぶんだと思っていた……。（笑）

村上　僕、そんなに楽しそうにしているのかな。

阿川　多分そうなんですよ。息子さんがそんなことをいうなんて、でもすごい影響力ですね。

村上　どうなんだろうね……。（笑）

それからしばらくあとの夏のある日、私は村上さんに再びお会いした。そのときは横浜のご自宅へ伺うことになり、最寄りの駅から電話をすると、氏は自ら愛車のボルボを運転して、迎えにきてくださった。

ご自宅での村上さんは、アルマーニスーツ姿のかわりに、Tシャツ短パンのいでたちで、夏休み中の小学生みたいにリラックスしていらした。

「いま、うちの奥さんが出掛けてましてねえ。なんか飲み物、あったはずなんだけど……」

といいながら台所に消えて、冷蔵庫を開けながら「喉、渇いてますかあ？」と訊ねられたので、「どうぞ、おかまいなく。喉、渇いてません」と嘘をついたら、何も出てこなかった。

村上さんは私たち（編集者の方々と一緒だった）が到着する直前まで、テレビでサッカーのワールドカップを観ていらしたらしく、サッカーの話をたくさんしてくださった。ちょうど本場イタリアで生の試合を観て帰っていらしたばかりで、かなり興奮したご様子だった。しばらくその話を伺ったあと、「そういえば、F1のほうは？」と伺うと、

「いま、面白いのは、サッカーですね」

当然でしょという顔でおっしゃったので、そうだなと納得した。


（'89・1）

男の喧嘩とは

景山民夫

かげやま・たみお

昭和22（1947）年、東京生れ。慶應義塾大学中退。学生時代から、放送作家としての活動を始め、「クイズダービー」「11PM」「タモリ倶楽部」などを手がけた。著書に『虎口からの脱出』（吉川英治文学新人賞受賞）、『遠い海から来たCOO』（直木賞受賞）、『転がる石のように』など。平成3年、大川隆法主宰・幸福の科学の信者として抗議行動の先頭に立った。10年1月没。

阿川　放送作家としてのお仕事は、もうすっかりやめてしまわれたのですか。

景山　そのつもりでいたんです。昭和六十三年三月までで全部整理してやめたのですが、今年になってから放送関係の仕事のお話が入ってきて、いま逃げまわっているというのが実情です。

阿川　直木賞受賞とは関係なく、放送作家から足を洗おうとされていた……。

景山　そうです。四十歳をメドに考えていましたからね。二十代の頃から、まあ三十代いっぱいまでの仕事だなあと思っていました。

阿川　体力的な問題からですか。

景山　主にそうです。徹夜がきかなくなる。あの仕事は、ひと様の都合で時間の調整がなされるのですが、VTRを撮る日は決っていて動かせませんから、だんだん押せ押せになっていって、スケジュール的に詰ってくると、結局しわ寄せは放送作家が全部かぶることになる。それで、どうしても徹夜になるとか、打ち合せしてその場で書くとかいう事態になる。そういうことが日常茶飯事なんです。ですから、ひと様にご迷惑をかけないでできるのは、いいとこ四十までだろうな、と思っていました。

阿川　ほかにも何か理由がありましたか。

景山　ええ、放送作家というのは、そのときどきに人気のあるタレントたちに対して台本を書かなければいけませんから、ときには自分の感性とはまったく合わない仕事もしなければいけない。年齢からくるものだと思うけれども、そういうことがもういやだなということがありました。具体的にいえば、光GENJI《ゲンジ》は生理的にもう受けつけないんです。せいぜい少年隊までです。

阿川 テレビ自体はお好きだとお見受けしますから、それは、光GENJIに象徴されるいまのテレビ界に対する批判ということでもあるのでしょうか。

景山 メディアとしてのテレビは大好きなんです。たしかにおっしゃるように、光GENJIをドル箱にして商売しているテレビ界の現状が、僕の理想とするテレビのあり方と違うなという思いはあります。

阿川 感性がもう光GENJIを受けつけないというのはどんな点で……。

景山 正直にいうと、彼らの顔が見分けつかないんです。それに、ローラースケートやるのか歌を歌うのか、どっちかはっきりしろって思う。(笑)

阿川 でも、アイドルは歌がうまくないというのは、だいぶ前から常識になっていますよね。

景山 ですから、以前は歌がうまくないというだけで腹を立てていたこともあるのですが、そこを通りこしちゃいますと、せっかく出ているんだから何か面白いところはないかと思って見るようになる。

僕がトシちゃん（田原俊彦）を好きなのは、彼は自分の歌の下手さ加減をよく知っていて、見世物としての自分を自覚しているからです。見世物としての面白さでいこうと割り切ってやっているところに、ある種のすごさが感じられる。

ところがそれに比べて、マッチ（近藤真彦）は勘違いしている。自分は歌がうまいと思っている。まだそこのところがわかっていないんですね。

アイドルは所詮、彼らを自分のアイドルとして見る年齢層、つまり彼らよりも下の年齢層以外にとっては、見世物にすぎないわけでしょう。

だからそこのところで魅力的かどうかにかかってくるわけです。

阿川　私どもの世界では、テレビ・カメラを意識して、それに撮られているときに気恥ずかしさを覚えたり、私って美人なのかしらなどと思ったりしているうちは駄目で、そこから先、逆にこっちが利用してやろうというぐらいの姿勢になったときに、その人の映り方が変るのだ、といわれますね。

景山　そうですね。女優さんなんかで、本番前とか休憩時間に、自分が映っているモニター・カメラを鏡代りに見ながらお化粧直しをしている人なんか見ますと、あっ、この人は突き抜けたな、と思いますね。カメラを覗いたり画面を見ている人間をもう意識していない。それができるようになれば、いい悪いは別にして、テレビに出る人としては一人前になったという気がします。

阿川　もう少しテレビのことを伺いたいのですが、先ほどメディアとしてのテレビは大好きといわれましたけれど、その現状についてはいかがご覧になりますか。

景山　現在の段階では、ソフトがハードに完全に負けていると思います。つまり、テレビの技術の進歩に番組の内容がついていけなくなっている。機械を使いこなせていないんです。

それから、テレビに携わっている人たちが、テレビのメディアとしての特質が何であるのか、すっかり忘れてしまっているということがあります。もう気づいている人もいるのですが、メディアの特質を生かしたソフトがつくられるためには、その前にいっぺんノアの洪水がないと駄目でしょうね。いま、それを待っている状態といったらいいでしょうか。

テレビは本来〝テレ・ビジョン〟、つまり遠くにあるものを見ることができる、もうひと言つけ加えると、時差なしで見ることができる機械です。あらゆるメディアのなかで、それができるのはテレビだけですよね。ラジオは音声だけで画像がないし、新聞は、情報量がテレビよりも多いけれども、最低約十二時間の時差を伴う。雑誌は一週間、一カ月の差になります。

そう考えると、テレビというのはすごいと思う。そしていまや衛星がどんどん打ち上げられて、それに電波をぶつければ世界中で起きていることが同時に見られるようになっているのですから、その特性を生かさない手はない。

ところが、いまテレビ界では、そこのところをわざと避けて通っているというか、使いこなせないために逃げちゃっているようなところが、実はあるのです。

そのなかでいつも感心して見るのは、久米宏さんのやり方ですね。「ニュースステーション」（テレビ朝日系）で生放送のスリリングなところを実にうまく、視聴者にわかるように、視聴者が味わえるように進めていく。「このあと一分三十秒のCMを挟んで、十時二十四分ぐらいから立松和平さんの登場です」なんていうでしょう。（笑）

十時二十四分なんて、見ているほうにはあまり意味がないことだけれど、あっ、これは生放送なんだ、そうだそうだ、と思っちゃう。そして一秒も余さない。見事にCMに入る直前でぴたりとしゃべり終る。

ああいうのはVTRで編集すれば何でもなく簡単にできることだけれども、生でやるのは容易なことではない。久米さんは、それを生でやってみせて、俺は名人だぜ、とぞくぞく快感を覚えながらやっていると思う。ものすごくうまい。

阿川　生ならではのいろいろなトラブルが起るわけですけれども、それの処理の仕方がすごいと思う。そこのところをしっかりおさえることができる方なんですね。

景山　本当にそう思います。彼こそテレビにふさわしい特性をもった人です。テレビに出る人は、あれぐらいでなくちゃいけない。

まあ、アメリカのテレビみたいに、ＣＭのタイミングが十五秒ずれても、編集時にチェックしなかったから番組が三十秒足りなかったとかいうのでも、それはそれでいいじゃないか、という見方もあるけれども、日本みたいに、瞬時の狂いもなくＣＭが出るように全部コンピュータに打ち込んであるなら、そしてそれでやると決めたのだったら、やはりスリリングなところを出してくれないと、見ていてつまらないという気がしますね。

テレビをやめて活字だけになったら、収入が半分以下。わあ、どうしようと思いました

阿川　放送作家として台本や脚本を書くお仕事というのは、同じ活字になるのでも、小説を書くのとはまた違った面白みがあるのではないかと思いますが、いかがですか。

景山　違うんです、放送台本は活字じゃないんです。ガリ版刷りなんです、いまだに。ドラマの脚本は別ですが、いわゆる構成台本と呼ばれるバラエティーやワイド・ショーのものは基本的にワラ半紙二つ折り、手書きガリ版刷り。そこがまず決定的に違う。活字じゃないというコンプレックスがありますね。

テレビ用原稿用紙は三〇〇字詰めですが、上の部分が空白になっていて、そこに動きについての指示など書き込みますから、一枚当り六〇〇字ぐらいにはなっている。それを月に、普通に暮していくためには五〇〇枚から六〇〇枚書かなくてはいけない。一カ月にそれだけ書いて、しかも一つも活字にならない。そういう書き手が日本に三〇〇人以上いるのですけれど、実際これはなかなかつらいことですよ。

なぜ活字にしないのかというと、もったいないからなんです。テレビの台本は、終ったら捨てるものとなっている。でっかいクズかごが必ずスタジオの出口の、せめて外にしてくれといっているんですが、内側に置いてあって、みんな「お疲れさま」といって、ばさっと捨てていく（笑）。そのためのものを量産しているわけです。

どうせ一回こっきりのもので捨てるのだから、あとに残す必要ないものだから、活字にするなんてもったいない、というわけでいまもってガリ版刷り。活字に対するコンプレックス、ありますね。

阿川　放送作家の方は、そんなにたくさんお会いしたわけではないんですけれど、それぞれに思いがおありになって、いつか小説を書きたいとか雑誌に書きたいとか、活動の世界に移りたいという望みを抱いておられる方が多いように思いますが、景山さんのように、ある意味でそこのところを計算して移っていくというのは、そうだれにもできることではない……。

景山　僕は計算なんかなしですよ。ただ運がよかったというか、まあ、人柄のせいですか……。（笑）

一番最初に活字媒体の仕事をやったのも、実に行き当りばったり。高校の後輩に『ブルータス』の編集をやっているのがいて、それと飲み屋でばったり会って、しばらく話しているうちに、「住むところがない」というからうちに下宿させてやることになり、三カ月分の家賃をためられて「お前、何かカタになるものないのか」、「あっ、じゃあ、『ブルータス』に書いてください」って、まあ、そんなもんだったんですよ。

（笑）

阿川　その方ですか、「いいたかないけど、感謝する」って、『遠い海から来たCOO』（角川書店刊）のあとがきにお書きになったお相手は……。（笑）

景山　そう。そんなのばっかりです。それとほとんど同時期に、『宝島』という雑誌にテレビの悪口を書きはじめたんですが、これだって編集者が電話で僕にインタビューしてきて「どうも一回じゃ聞ききれないから、すみませんけど、連載で書いてくれませんか」ということからはじまった。これも偶然、何も計算なし。全部向うから来る。ですから人柄なんですねえ。（笑）

景山さんに会った人間は、一週間後には氏によって悪口を書かれるから肝に銘じておくようにと、ある人から忠告を受けていたので、このインタビュー中はビクビクしっぱなしだった。新しい質問をするたびに、景山さんの鋭い目の動きを追い、ピクリと眉が上がらなかったか、口元がひきつらなかったかをチェックし、やや早口で丁寧な受け答え（本当に景山さんはだれに対しても礼儀正しい言葉遣いをなさる）の裏に何があるのかと疑い、その結果を見ながら次の質問の手立てを考える。

「こういう女を痴性派と呼ぶのでしょうか。鈍い女がテレビの画面に登場することほど、腹の立つことはありません。だいたい女性ニュースキャスターが聞いて呆れる。段取り以外の台詞のいえる女がどれほどいるというんですか。一度くらい、台本なしで自分自身の言葉を喋ってみろってんだ。それも気のきいた言葉をですよ。いえないだろ、ざまあみろ、このアンポンタン！」
いつか、かくのごとき文章が掲載されたときは、私のことだと覚悟していた。
（景山㊟　そういった文章は、ついに何処にも掲載されませんでした、念のため。）

阿川　でも、以前とは違う苦しみがありますでしょう。

景山　ありますね。テレビをやめて活字だけになり、はたと気づいたら収入が半分以下になっていた。わあ、どうしようと思いましたね。それが一番大きかった。

阿川　直木賞受賞は、自分にとって何の変りももたらすものではない、とおっしゃっているようですが……。

景山　ええ。変るのはまわりだけ。当人は、あんなものはさ……（笑）。というと、ほかの受賞した方に失礼だけれども、はっきりいえば、直木賞をいただいたからといってそこで一八〇度人生が変っちゃうとか、急に偉くなっちゃうというような生き方はしてきたつもりはねえぜ、ということです。もちろんありがたいことだけれども、いやらしくいえば宝くじに当ったようなものですからね。

懸賞応募小説は、それを目標として作品を一所懸命書くわけですから、こういうのはまったく別ですけれど、書いたものがたまたま賞をいただいたというだけのことですからね。

阿川　しかし、書く態度というか、書くこと自体に何か影響はありませんでしたか。

景山　実はあったんです。僕は本当はただ単に恐竜が出てくるドンパチのある冒険小説を書きたかっただけなのですが、裏のテーマとしてどうしても環境問題とか自然保護の問題が出てくる。賞をいただいてから、世間の評価というか、書評などで、その部分がものすごく強調されて表に出てしまい、そのあと書くときに、それが非常にプレッシャーになりました。そこのところを期待されているのかもしれないなんて思ったりして……。あっ、俺、直木賞に振り回されているなと思って、あとで反省しましたけれどね。

阿川　でも、てやんでえ、と反発するお気持もあるのでしょう。

景山　ええ。いま一つ長編が難航していまして、短編ばかり書いているのですが、これは作風がまったく違うドタバタ調。ただ単に人の悪口がいいたいだけで書いているとか……。（笑）

政治家には端から喧嘩売ってるけれど、何も返ってこない

阿川　どうして悪口が書きたくなるんですか。

景山　へっへっへっ（笑）。昔、作家は自分のコンプレックスをバネにして小説を書くというのがあったでしょう。僕のは、自分ではよくわからないけれど、その伝でいくと逆コンプレックスじゃないかな。俺はこんなに背が高いのにあいつは足が短いとか、俺は体のバランスがいいのに、あいつは異常に顔がでかいとか……（笑）。そういう、いわば逆コンプレックスも、同じようにバネになって然るべきでしょう。いいんですよ、やって。かまわんのです。だって面白いもの、そのほうが。（笑）

阿川　でも、悪口の対象がよくきりがなく出てくるなあって……（笑）。そういうのも、結構つらいんじゃありませんか。

景山　いや、そんなに悪口ばかりいってないよ（笑）。つらくもない。たまたま生きていくなかで、こういうのはいやだなと思ったものを書いているのであって、悪口いうために探して歩いているわけじゃないですから……。

阿川　いろんなことにすごく好奇心がおありになりますよね。

景山　好奇心だけは旺盛です。

阿川　好奇心と、ほかの人の生き方を見て悪口いうのとは何かちょっと矛盾しているような感じもあるんですが……。

景山　本当に嫌いだったら、絶対に許せなかったら、書かないもの。そんなやつ、小説なんかに登場させないもの。

阿川　憎い憎いは好いたのうち……。

景山　そこまではいかないけど……。（笑）

阿川　景山流悪口の書き方にも仁義というか、作法がありますでしょう、やはり。

景山　書かれた当人はあまり読むこともないと思うけれども、人づてに聞いて〝それなら〟と、読むことがあるとする。そのときに、「私に似ているなあ、でもちょっと違う」とその人が思うように書いています。その人のことだと絶対に確証できないような書き方です。

田中康夫さんの書き方だと、絶対わかっちゃうんだよね。わかっちゃうということは、正面切って喧嘩売ったということで、喧嘩を売るということは自分も相手のレベルに下りちゃうということです。それ、いやなの。あくまでも勝つ喧嘩しかしたくないの。

僕にとって理想的な喧嘩とはこういうのです。この野郎いやなやつと思う人を、ビルの屋上でコンクリート・ブロックをもって待ちかまえていて、通りかかったら上から落してやる。こっちは傷つかないし、もしはずれて追いかけられたって、絶対逃げられる。（笑）

ビルの上からブロックが落っこちてきたって、そいつが上を見たときは逃げてるから、だれがやったかわからない。（笑）

阿川 でも、活字は残るから逃げきれない。

景山 「あなたじゃない。何でそんなとり方するんですか。それはあなたの心が卑しいからだ」と、いい張っちゃえばいい。（笑）

阿川 男の人が浮気をしたときの手と同じだ。（笑）

景山 絶対に認めない。しかし、喧嘩売っても、反応がないことのほうが多いですね。中曽根さんなんかずいぶん喧嘩売ったけれど、秋の園遊会でしたっけ、平然とその招待券を送ってきた。相手にされていないんだな。つまり読んでないんだ、まわりの連中も目を通してないんだ、じゃあ喧嘩にならないや、と思った。何をやっても、どうせあいつらはあまり気にしないのだということがわかりました。

政治家には端から喧嘩売っているんですけれど、宇野外務大臣（当時）も、渡辺美

智雄さんも、何も返ってこないですね。（笑）

阿川　喧嘩売る人が絶えないですね。

景山　絶えないですよ。この先ブッシュもやらなければいけないと思うし……。（笑）

阿川　クエールもやらなければいけない……。

景山　この野郎、ＣＩＡの長官が、っていってやらなければいけない。（笑）

阿川　いまのリクルート事件なんか、どうお考えですか。

景山　いろいろな見方があるけれど、江副という人もかわいそうな人だな、と僕は思いますね。結局、だれが一番痛い目を見たかというと、江副さんなんじゃないの。東大の学生のときから頑張って会社つくって、何億円だかの金を集めて、夢中になって企業として拡大していって、一代であれだけ大きくして、そのためにさんざん汚いこともやったわけだけれども、最終的に彼の手元に何が残ったかというと、何も残っていない。会社が大きくなりすぎて、こういう状態になったら、江副はもう邪魔ということになるでしょう。

そしてリクルートは、リクルートコスモスまで含めて、会社としてはいまだに安泰。

リクルートコスモスのフルカラーの明るい広告が毎日のように新聞に折りこまれている。びくともしていない。中曽根、安倍、竹下もびくともしていない。

江副さん個人は半死半生の状態ですね、精神的にも肉体的にも。利用してやるつもりで、結局自分のほうが利用されてしまった。いまになってみると、そんなふうに見えますけど……。

阿川 アメリカでは、竹下政権はリクルートで危ないのではないかと見ているようですが……。

景山 常識的に見ればそうですよね。でもそれはアメリカの見方であって、アメリカ人には日本の議会のあり方、国会議員の精神構造がたぶんわかっていないからそういうふうに見るんだというふうにもいえる。

日本では、のらりくらり嘘をついていい逃れちゃえば命は長らえられるんだ、責任なんていうものは日本の国会では存在しないんだ、ということがアメリカ人にはわかっていない。もしこれで解散することになったって、そのうちに国民のほうで忘れてくれますしね。

阿川 そういうのは日本独特のものなんでしょうか。

景山 それはそうですよ。だって、世界中どこ見たって、たとえば国会の証人喚問で宣誓するときに何にも手を載っけないでやるのは日本だけだもの。アメリカではバイブルに手を載っけるでしょう。中国なんかの場合は、宗教の代りに党があるしね。日本の場合は、良心の呵責《かしやく》を覚えない人はいくらでも嘘をつける。嘘ついても恥ずかしくない。

阿川　みんなが嘘ついていれば怖くない……。

景山　そう。国会というところはそうなんです。

韓国だって、この前全斗煥が、私が悪かった、山寺にこもります、といったでしょう。ウォーターゲートのときのニクソンだって、自分が悪かったと認めた。日本の政治史上、自分が悪かったと潔く認めた総理大臣っていたのかしらね。一人もいなかったんじゃないかしら。

阿川　そのうちに時間がたてば、おっしゃるように国民のほうも忘れてくれるし……。

景山　それから、死者に鞭打たないという考えがある。日本に限らないでしょうけれど、僕、あれいやなんです。死ねばどんな人でもみな聖人みたいになっちゃう。いま、田中角栄だって、絶対許せないなどといおうものなら、まあまあ、病人なんだからしようがないじゃないか、もう駄目なんだからそういわなくたっていいじゃないか、というのが多くの人の意見です。

僕自身、生きているあいだは自分の悪口はこれっぽっちも聞きたくないけれど、死んでからいわれるのは全然何とも思わない。だから、悪いことをしたやつは、病気だろうが死のうが、墓掘り起して屍を木に吊すぐらいのことをしてもいいと思うの。それをしないから、ずるずる引き延ばしたほうが勝ちということになる。

阿川 恥の文化と罪の文化の違いだといった人がいるけれど、そういうことかもしれませんね。

景山 土居健郎さんが『甘えの構造』で、そういう日本人の精神構造を見事に分析していると思います。結局、ウチ・ソト論なのね。どこまでをもってウチとするか……。日本人の場合、このなかに入っちゃえば許してもらえるという一番内なる部分は、家族ですね。寅さん（映画「男はつらいよ」の主人公）みたいに……。そこではすべてのことが許される。

日本の国会なんてのも、党派を超えて家族になってしまっている。当選して赤じゅうたん踏んだ途端にね。いくつものそういう疑似家族にとり囲まれて日本人は生きているんですよ。

阿川 だから内側しか見えないんですね。どんなに嘘ついているか、まったく意識がないみたい。

世の中、腹が立つことがすごく多いとは思いますが、景山さんはそれでも、それもこれも含めて楽しんでいらっしゃるように見えますけれど……。

景山　楽しんでいるんだと思います。アメリカ映画など見ますと、末期ガンの主人公が残された日々をどのように生きるか苦悩しているというシリアスなものでも、どこかに絶対笑いがある。シリアスであればあるほど、どこかに笑いがなければたまったものではないという主張があるように見える。そういうの、いいと思います。悪口いいながら、怒りながら、僕は楽しんでいる。

そろそろかな、という気になったのが四十歳ぐらいのとき

阿川　しかし景山さんを拝見していると、どこかで何かに対して闘っておられるふうにも見えるんですが、何かおありになるんですか。

景山　ありますね。飛躍した話になりますが、たとえば映画「戦場のメリークリスマス」で坂本龍一がやった男、あれは二・二六事件に後れをとった青年将校という設定だったですよね。僕の場合、何かそれと似たようなことが七〇年安保に対してあったんです。六八年、六九年と、僕はそういうのいやだといってほっぽり出して、日本を

出ちゃったものですからね。
でも、あの当時、冷静に考えて、本当に、この運動は違うと思ったの。やっている連中は、心の底から革命を起せると思ってやっているのか、内閣を総辞職させて解散にもち込んで、まったく新しい政権を樹立できると思ってやっているのか、日本の社会構造を変えることができると思ってやっているのか、しっかりと目標を実現するために石を投げているのか。違うな、そうじゃないなって思った。さっきのいい方をすると、勝ち負けはどうでもよくて喧嘩しているのだ、と思ったのです。
そういうふうに見切っちゃっていたところがあるんです、僕は。

阿川　そういう人は、あまりいなかったんじゃないですか。

景山　いや、いましたよ。

阿川　私、七〇年安保にすごく興味があるんです。

景山　僕のように意識的にアウトサイドに立ったものの話より、より近いところにいた人の話を聞くほうがいいと思いますよ。橋本治さんの『ぼくたちの近代史』（主婦の友社刊）なんかお読みになったらどうですか。東大全共闘とは何であったのかというところから書いています。きちんと分析してある。

阿川　景山さんの世代の方々は、大なり小なり、あの七〇年安保を背負って生きていらっしゃるみたいですね。

景山　そうですね……。考えてみると、むしろ石投げていた人たちのほうが幸せだったというところもあるなあ。群馬から出てきて佐世保で石投げてた糸井重里さんなんか、論理的にはどうなっていたんだかよくわからないんだけど、それなりに純粋だったし、幸せだったと思う。もっともあいつ、遠投力がないから、投げてる石がほとんど味方の上に落ちちゃったんだけどね。（笑）

それから、話を戻すと、うちは親父が警察官僚でしたから、僕は機動隊がいかに強いかということを知っていた。実際に柔道場、剣道場で中学生のときから彼らとやっていましたからね。喧嘩になりませんよ。

それなのに彼らはなぜ石投げていたのか。こんなことをいうと火をつけられるかもしれないけれど、田舎から出てきて大学に入った連中が、都会に順応できずにいる苛立ちやコンプレックスを、都電の石をはがして投げることで発散していたんじゃないか。おかげで僕が幼稚園のときから乗っていた都電がなくなってしまった。あの都電を東京の人に返してくれよ、という気持があるの、僕は。

だけど、それはそれとして、結果としてまずいなと思うのは、結局お上には歯向っても駄目だ、お上を相手に喧嘩すれば必ずつぶされると、国民みんなが思ってしまったことです。テレビで安田講堂のあの騒ぎを見ちゃったわけですからね。七〇年以降、そういう気分がどんと腰を据えてしまったんだと思う。

だからそれ以降、もう何もいわない。あるいは逆に、だったらお上のやることを楽しみましょうというわけで、万博で大騒ぎする。万博が終れば、次は海洋博、という具合です。

あるいは、お上に喧嘩売っても勝てないならば、お上とうまくやって、経済的に豊かになりましょう、お金をもらいましょう、ということで、これが江副さんです。

阿川　楽しまないと損じゃないかということですね。

景山　そうなんですね。そしてそのために必要なものはお金だ、となって、何が何でもお金をもっているのが幸せだということになった。世の中が、いまその方向にどんどん行っているじゃないですか。

僕は、自分にずっといいきかせていたんです。さっきもいったように、ポリシーとして負ける喧嘩はしたくない。負けるとわかっていた喧嘩は、だから当然したくなかった。それで外国へ逃げたわけですけれど、いつか、対等に喧嘩できるだけの体力、知力、足場をつくったらやろう、そう思い続けてきたんです。

そろそろかな、という気になったのが四十歳ぐらいのときなんですね。まあ、七〇年安保に後れをとった人間の一種贖罪《しょくざい》行為といったらいいのか……。

そのためには直木賞なんか、結構いい鎧《よろい》になりますね。

お上には絶対に逆らえないというのは、おかしいんですよね。お上は、われわれが選んだものなんです。そういうことをきちんと認識しないといけないと思いますね。

阿川　日本人は、何でも忘れちゃうし、許しちゃうし、甘いですよね。そのほうが闘うよりずっと楽だし……。

景山　僕は執念深いですからねえ、しつこいですからねえ……。（笑）

阿川　一人で執念深くというのはつらくはありませんか。

景山　つらくはありませんけれど、ときどき無力感に襲われることはありますね。

阿川　ご自身がいちばんリラックスできる状態というのは、どういうときですか。

景山　仕事していないときです。仕事、本当は嫌いなんです。

阿川　とてもそうは見えない。怠けるのがお嫌いかと……。

景山　大好きです。ほっといたらいくらでも怠けます（笑）。来週からオーストラリアの西海岸に、野生のイルカが来るところがあるというので出かけるんですけれど、何もしないで過ごす自信、絶対にある。何となくボーッとしているのが好きですね。

阿川　怠けるのにも、限界というものがありますでしょう。

景山　私の場合には、それはないみたいです（笑）。場所をちょっと移せばいいわけで、ヤシの根元でボーッとして寝そべるのに飽きたら、今度は水に浸かってボーッとしていればいい。それにも飽きたら、砂浜でボーッとすればいい。（笑）

阿川　そういうとき、話し相手など、人間をあまり必要としませんか。

景山　しないですね。それならむしろ動物のほうがいい。もともと人間嫌いなんです。特に人が大勢いるパーティーなんて、ぞっとします。一対一でちゃんと話すのはいいのですけれど、パーティーではそれができないでしょう。すれ違いざまに「あっ、どうも」、「どうしてる」なんていうだけ。真面目に話し込んでいると、途中でだれかが「あっ、ちょっと、こっち」と口を挟む。しかも僕、立食式ではものを食えないんです。

阿川　私も嫌いです、落ち着かなくて。

景山　最近のウェイターは、皿を下げるのだけ得意らしく、グラスをテーブルに置いてちょっとわき見ると、もうない。あれは許せんなあ（笑）。なるべく行かないで済むものは行かないようにしています。怖いですしね。怖くはありませんか、全然知らない人が、百年の知己みたいな顔して話しかけてくる（笑）。一応挨拶を返すんだけれど、十日くらいして事務所のほうに電話かけてきて、「俺、親友なんだけど」といって仕事の話をもち出したりする。いやだなあ、と思う。

阿川　喧嘩はそういうところではなさらないんですか。

景山　そういうところではあまりしません。よほど腹が立つときは、トイレへ連れ込んで殴ります。（笑）

阿川　話題を変えましょう（笑）。『遠い海から来たＣＯＯ』の映画化の準備は順調に進んでいらっしゃいますか。

景山　下書きを若い人につくってもらって、これから脚本に入ります。多分、今年の十一月ぐらいにはクランク・インできるんじゃないかと思います。

阿川　難しいでしょうね、あれを映画にするのは……。

景山　難しいですよ。でもいまの技術だとかなりのことができますから、うまくやればそんなに……。

阿川　じゃあ、かなり期待していらっしゃる……。

景山　岡本喜八監督に撮っていただくのですけれども、脚本もやらせてもらえるし、監督は海が苦手なので水中撮影は任せてくれるっておっしゃるし、万々歳ってところです。

将来、一本でもいいから、自分で映画をつくりたいと思っているのですが、『COO』の撮影が終れば、映画づくりのノウハウがわかるようにしてくださると監督がおっしゃってくださって……。

阿川　じゃ、『COO』の次は景山監督の作品が見られるというわけですね。

景山　いや、それはまだだいぶ先の話です。映画の話はほかに二つきていて、一つはアメリカのスタッフとキャストでやることにほぼ決っています。あと一つは、もしかすると香港映画になるかもしれない。まだ交渉の段階です。

阿川　小説のほうの今後のご予定は……。

景山　長編のプロットが、いま四本ぐらい頭のなかにあるんです。それから短編で五本ぐらいのプロットのストックがあります。一つは早くそのネタを使って書きたいんだけど、締切りが三月《みつき》先なので、書き出せなくていらいらしている。締切りが迫らないと書けないんです。

阿川　じゃあ、小説のネタにお困りになることはないですか。

景山　将来「小説のネタに困ることないですか」と聞かれたら、ジェフリー・アーチャーの真似することにしたの。「ネタに困るどころか、頭のなかに詰っていることを書いている時間がなくて困っているんだ。いまここで三十本分の短編のプロットをし

ゃべってあげようか」ってね（笑）。嘘だと思うけど、小説家たるもの、そのぐらいのことをいわなきゃね。（笑）

この対談のあと、しばらく景山さんにお会いしないうちに世の中が移り、景山さんもだいぶ変られたようにお見受けする。

先日、お目にかかった景山さんは妙におだやかで、あの毒舌ぶりはどこへ行ってしまったのかと驚いた。ときどきかつてのイタズラ民夫少年の片鱗を見せないわけではないけれど、概して静かでまろやかで、すっかり大人びてしまったようなのである。

原因として考えられることが一つある。どうやら景山さんの守護霊が、景山さんを厳しく監視しているらしい。

「もう一杯、お酒を飲んでから寝ようと思うでしょ。そうすると、『やめなさい』って声が聞こえてくる。一杯くらい、いいじゃないのって逆らうとまた、『やめなさい』って。しかたがないから、はいはいって従うんですよ」

もっとも、そういう話を景山さんが真面目な顔ですればするほど、どこかにいたずらが隠されているような気がしてならない。（'89・4）

幸せとは

遠藤周作

えんどう・しゅうさく

大正12（1923）年、東京に生れる。慶應義塾大学文学部在学中より文学活動を始め、フランス留学後の昭和30年、『白い人』で第33回芥川賞を受ける。以後、『海と毒薬』『沈黙』と次々に問題作を発表する一方、ユーモア小説・エッセイで多くの読者をつかむ。平成5年、遠藤文学の集大成ともいえる『深い河』を上梓。平成7年、文化勲章を受ける。平成8年9月没。

遠藤　『週刊文春』に連載の随筆、面白いです。

阿川　ありがとうございます。何回目かに父（阿川弘之氏）にいわれました。昔、父が何か書いたときに、遠藤さんに「何や、お前、日記書いとるんか」っていわれた、お前のこの前の文章はまさしく日記だけど、まあ、そういうので馴れておけばいいよ、と……。

遠藤　コショウもきいているし、前の本よりもさらにうまくなったなという感じがして、そのことを申しあげようと思っていました。しかし、ヒイヒイでしょう。

阿川　ヒイヒイ、ヒイヒイです。（笑）

遠藤　このあいだ会ったときは、吉本ばななさんいうのがいるから、阿川りんごとでも称して小説書いたらどうです、といいましたけれども……。（笑）

阿川　そのときにおっしゃっていただいたこと、すごく胸に突きささっております。対象に対してしっかりと愛情をもって観察しなければ人の心には伝わらないんだ……。

遠藤　へえー、そんな修身みたいなことといった？　私としたことが。

阿川　ええ。

遠藤　きょうは、佐和子ちゃんと呼んではいけないと思うから阿川さんというけれど、阿川さんが少女の頃は、ものを書く人になるなんて思っていなかった。学校出てからもお伽《とぎ》話に出てくる女のように機織《はた》りに熱中していた。

阿川 本人も思っていませんでした。どうして締切りに追われる運命になったのか……。この先もわからないですけれどね。

遠藤 あれだけ書けるんだ。とくにお父さんがよく書けている。あなたにとってお父さんは永遠の恋人だ。（笑）

阿川 あの……、きょうは「文章を書くとは」というテーマなんですけれど……。（笑）

遠藤 いやいや、そんなのはお父さんに聞いてください。今度、お父さんと対談したらどう？（笑）

阿川 いえ、それだけは……（笑）。そんなことしたら、最後は大ゲンカですよ。

遠藤 でも、もう「出ていけ」はあんまりいわなくなったでしょう。

阿川 そんなことないです。ここんところまたひどいんです。「俺は七十の誕生日を迎えたら、これからは会合には一切失礼させていただきますという葉書をみんなに出すんだ」といっている。

遠藤 麻雀も失礼するの。

阿川 それは別なんですって。（笑）

遠藤　「電話が鳴るとうるさくってしょうがない。受話器をとったらお前だったので ほっとした」といっていたから、だんだん人に会うのがいやになってきたんだな。

阿川　それでいてだれにも相手にされないと淋しがるんです。

遠藤　だれでもそういうものなんじゃない。

阿川　遠藤さんは人に会うのがお好きでいらっしゃいますよね。

遠藤　かつては好きでした。だけど最近は、市川のお助けじいさんみたいになっちゃってね。（笑）

このあいだも、京都ホテルに泊っていたんだけれど、夜中の十二時にリーンと電話が鳴った。出ると、僕の劇団の女の子が「裏切られました」っていうんです。僕に裏切られたのかと思って、びっくりした（笑）。「えっ」といったら、そうじゃなくて、彼が別の好きな人に裏切られたんだ、と。ある日ホテルに用があって行ったら、自分の女性とエレベーターで降りてきたのに出くわしたんだって。「それで僕に電話してきたの」といったら、「そうです」と答えるので、「そんなことはだれになぐさめられたってしょうがない。時間がたつよりしかたないのさ。時間が一番いいお医者様だからね」と、お助けじいさんとしていわざるを得なかった。

それで、「失礼だけど、裏切られたというんだったら、結婚を約束でもしていたの」と聞くと、していないし、手も握ったことはないという。「好きだといわれたの」と聞いたら、いわれたという。「しかし、どっかでメシでも食いながら好きだということはよくあるのであって、それ以上のことになっていなきゃ、彼にだって行動の自由はあると思うなあ」といったのが運のつき、バーッと叱られて……。（笑）

阿川 叱られて……。

遠藤 そうですよ。「先生なんかに私の気持はわかりません」。何で僕がこんな夜中にその女の子に叱られなければならないのか。（笑）

これにには、さらに後日談があって、彼女は、そのもう一人の女性に会いたいと電話をして、会うことにした。そしたら、その相手も彼女のような女性がその男にいることを知らなかったのだという。そこで二人で彼を喫茶店に呼び出し、とっちめた……。

怖いですねえ。（笑）

阿川 その男の人、かわいそう……。（笑）

遠藤 怖かったろうなあ。

それから、身内が癌になったけどどうしたらいいだろうと、泣きながら電話をかけてくるのがいたり……。

阿川 ちゃんとお助けじいさんをなさるんですか。

遠藤　好奇心もあるからね。あなたのお父さんだったら。

阿川　「何時だと思っている」、ガチャン、ですよ。

遠藤　最近こんなこともあった。僕らの勉強の場所は原宿にあるんだけれど、そこの事務をやっている人が辞めたので、あとの人を探さなければいけなくなった。いろんな人がくれる手紙のなかに、そういうことをやってくれそうな人がいたので、会って決めたのだけれど、そのあと「もういっぺん会ってほしい。話したいことがある」と電話がかかってきた。条件のことかなと思っていたら、「私は躁鬱病なんです」という。「ああ、それなら大丈夫。友人にも一人いて馴れていますから」（笑）といって、「失礼ですが」と鬱のときの症状を聞いてみた。夜寝ていると、天井が落ちてくるんじゃないかとか柱が倒れてくるのではないかとか心配になって、いてもたってもいられなくなり、それで友だちの家に行って泊めてもらったりすることがあるという。しかしまあ、これぐらいだとあまり怖くない。「ほかにはどういう症状があるんですか」と聞いたら、「私のなかに五人くらいの私がいて、それが真夜中にわめきはじめるんです。そうすると、頭のなかが混乱してきて、何が何だかわからなくなる」。これを聞いたとき、これは怖いと思った。

躁のときはどうかというと、道を歩いていても、そばを通る人に、「お幸せですか。

幸せになりましょうね。幸せになりましょうね」って話しかけたいんだって。まったくバラ色なんだって。僕の友人よりももっとすごいわけ。(笑)

そういう人は鬱から躁になりかけのときに自殺したりすることもあるそうです。

お父さんだったら、ガチャンと切っちゃうかな。

阿川 そうです。銀行の人も、いつうちへ来ていいかわからないという。

遠藤 それ、貯金している銀行ですか。

阿川 そうですよ。

遠藤 それでさえ?

阿川 母に向って、「お前、よくいっておいてくれ。家のなかに頭のおかしいのが一人いるんだから、やたらに来るなって」とかいっている。

遠藤 もう一人の友人よりは大丈夫だ。「当家の主人、ただいま発狂中」と大きな立て札を出しますからな、あの人は。(笑)

阿川 変りないですよ。

遠藤 この友人と、もう一人先輩が私の家に遊びにこられて、二人して、「君、もう鬱は終ったの」、「いや、来週ぐらいからはじまると思います」、「そう。僕はそろそろ鬱が終るんだ」というような会話をしているのをそばで聞いていると、こっちの頭もおかしくなりそうだ。

あなたはそういう気《け》、全然ない？

阿川　ありますね。

遠藤　僕の場合は、常時軽躁病。大きく騒ぎ回らないで、たえず小刻みに騒ぎまわる病気。碁をやっていたかと思うと、今度は芝居をしたり、はね回っている。それを常時軽躁病というんです。

阿川　だれがそんな名前を……。

遠藤　いま話に出た友人の診断です。そういう男は幸せだというけれど、そんなに幸せじゃないな。あなたは躁鬱というけれど、どっちかというとネクラのほうですか。

阿川　血のつながりがありまして、それが最近とみにひどくなってきたようで、昨夜も母が電話でいっていました。「あなたは基本的に性格が似ているんだから、あそこまでならないように、いまから気をつけなさい」。

遠藤　気をつけようがないじゃない、遺伝子によるんだから。いま、あなたは人間嫌いになっているんでしょう。

阿川　きちんとお会いするのはいいのですが、パーティーなどでの人との会い方、あとでとても憂鬱になりますね。

遠藤　あの人にちゃんと挨拶しなかったんじゃないかとか、そういうことが……。

阿川　ええ。友だちに気にしすぎだ、といわれるんです。次の日にはケロッとしているので、それでまたびっくりされますけれど……。
でも、あの男が申しますには、どっかそういうおかしなところがなきゃ、ものは書けないんだという。

遠藤　あの男がね。(笑)

採用条件は、小心者であること、音痴であること、運動神経がないこと

遠藤　佐和子ちゃんは、いまはテレビに出ていながら(阿川㊟ ちょっと前に終りました)、文章も書いていて、その前には機織りなんぞもやっていて、その運命の変転たるや、一転二転三転ですなあ。

阿川　哲学がないということです。

遠藤　いやいや。伸び伸びとはいわんけど、怒りつつもそれだけ自由にさせた両親が偉い。

阿川　はい。

遠藤　本当にそう思います。テレビ・ドラマに出る話もあったんでしょう。平岩弓枝さんだったっけ、あなたを出したがったのは。

阿川　ええ。平岩さんには、私が昔まだ若かりし頃にそういうお話をもってきていただきまして……。でも私、あの男に似て、真面目というか、演劇をあまり軽く考えてはいけないと思って、せっかくのお話だったのですけれど……。

遠藤　あの男に似て真面目だって？　僕がある日、田舎の映画館に飛び込んだら「海軍」という映画やっていて、あの男が「ああ、飛行機が足りない、飛行機が足りん」って叫んでいる場面が出てきた。エーッと思ったね。何が演劇に対して真面目な態度だ。下手も下手、あがっちゃっているものだから顔がひきつっていた。（笑）

阿川　平岩さんのドラマにもＪＡＬの機長の役で出たことがある。あのときも大騒ぎだった。

遠藤　あの男は僕の樹座《きざ》の舞台にも出てくれた。だけど、演劇に対する誠実な気持があるとは、あの男については思いませんね。（笑）

あの男がうまいと思ったのは、ネスカフェの広告のときだけだ。

阿川　あれはうまいとかうまくないというものじゃないんじゃないですか。映っていただけの話で……。

遠藤　でもあれは演技ですよ。それで、話が戻るけど、平岩さんの話はお断りしたわけね。それはあの男が邪魔したのですか。

阿川　いえ、そうじゃないのですけれど。

遠藤　台詞は……。

阿川　あったなんていうものじゃなかったみたい。そのドラマが放映されたときに見ましたら、その役を竹下景子さんがやっていらした。

遠藤　えっ、主役？　もしそれに出ていたら、いま頃はミッキー阿川なんて芸名つけたかもしれない（笑）。阪田寛夫や矢代静一の娘はもうスターです。

阿川　ええ。そういえば、遠藤さん、樹座の舞台に出してくださるっておっしゃったじゃないですか。

遠藤　いつもいってますよ。

阿川　マリー・アントワネットの役ではどうだ、ギロチンにかかって首を斬られるシーンだけ、マリー・アントワネットが一人足りない、とかおっしゃった。（笑）

遠藤　ご無礼いたしました（笑）。今度、「椿姫」をやるんです。出演は松坂慶子さん……。

阿川　へえー。キャスティングは遠藤さんがお決めになるんですか。

遠藤　人事権は私がもっておる。盆暮の贈り物をどれくらいしているかをジーッと見ながら決める。(笑)

どう、出ない？　咳の練習を一所懸命やって、結核の「椿姫」に出ない？

稽古場が赤坂にあるんだけど、今度、そこの壁に「次の言葉は座長以外に松坂慶子さんにいってはいけません」と書いて座長印を捺した紙を貼っておこうと思っている。「お茶を飲みに行きましょう。帰りにお送りしましょう」(笑)。それから演技のしかたを聞くときでも、直接話しかけてはいけない。私が通訳する(笑)。男の人だけだけどね。

阿川　もう何回やっていらっしゃるのですか。

遠藤　十何回。お父さまが出ておられたとき見にこなかった？

阿川　私、行っておりません。

遠藤　一回も見たことない？

阿川　テレビで「マダム・バタフライ」を拝見しました。

遠藤　そんなんじゃ駄目だ。

阿川　一度、伺いたいとは思っているんです。だって、たいへんな人気ですものね。

遠藤　喜劇役者の三木のり平さんなんか毎回来るよ。それから長谷川一夫氏と小沢栄太郎氏が並んで見てたことがある。吉右衛門さんも来た。吉右衛門さんなんか、帰りぎわに僕に、「きょう、はじめて芸というものがどういうものか教えていただきました」っておっしゃいました。（笑）

新劇の俳優や女優が見にきて口惜しがります。舞台を見ていると、自分たちがやってはいけないといわれている演技に反したことを、すべてやっているにもかかわらず、彼らが一番欲しいと願っている客席との交流があるのです。

そんなの別に難しいことじゃないんだ。要するに出ているやつの家族が見にきているんだから。（笑）

阿川　野次なんか飛ぶんですか。

遠藤　私がスカーレットの父親になって、頭がおかしくなった場面だけ出たことあるんだけど、「綿畑は焼けたよ」という台詞をいった瞬間、「お前はボケたよ」とはね返ってきたのです。天才的にうまいかけ声をかけてくるお客がある。

阿川　すごい。

遠藤　面白かったのは、いまいった長谷川一夫氏と小沢栄太郎氏の反応。面白がるところと苦虫かみつぶしたようなところと、この二人、逆なんです。本気で見るからそういうふうになるんでしょうね。

私の採用条件というのは、要するに小心者であること、音痴であること、運動神経がないこと。それを見るためにオーディションで歌ったり踊ったりしてもらうんです。しかし、世の中には本当にすごい音痴っているんですね。たとえば僕が「カゴメカゴメ」を歌えば、あなたにはそれが「カゴメ」だってどうにかわかるでしょ。ところが、何を歌っているのか、まったくわからんという人がいるの。そういう人は二重丸(笑)。すぐに入座できる。

それからね、オーディションの控え室で自分の順番待ちながら、やたらとトイレに行くとか、ガタガタふるえている人がいる。こういうのも二重丸(笑)。すぐに入座できる。

そういう人たちが入ってきて、さて、いよいよ本番の舞台に出るという段どりになる。舞台の袖で、彼は自分の出番を待ちながら立っている。僕はうしろから近づいていって、「きょうの成功不成功はすべて君にかかっている。頑張ってくれ」と肩を押す。押されて、ホイと舞台に進み出たら、ライトがパッと顔を照らす。それで、もう何もかも忘れてしまう(笑)。「父上、私は……」あとの台詞が全然出てこない。またもういっぺん「父上、私は……」という。さらに「父上、私は……」客席から、「もう聞き飽きた」。(笑)

でも公演が終ったあと、泣いておられる人もいる。別れがたくなる。そのとき、「樹座ファミリー、樹座サロンにお入りになりませんか」と声をかける。「何ですか、それは」、「せっかくお友だちになったのですから、ずっとつきあう会です」。それでプレー・センターみいたなのをこしらえて、ゴルフ部とかダンス部とか絵画部とか囲碁部とか設けて、いま三〇〇人くらいいる。僕は絵画部に入っている。玉突き部にも申し込んでいる。

うちのライン・ダンスは世界で一番人数が多い

阿川 社交ダンスもなさっていますよね。

遠藤 以前から、樹座を結成した連中とやっていたけど、自分ではうまいつもりでしたが、八ミリに撮って見てみると、権兵衛が種まく式なんだわ（笑）。さっき話に出た友人が、寝ぼけて、「あのう、柔道の乱どりですか」って、真面目に聞くんです。（笑）

阿川 樹座をつくってやっておられて、座長としてどんなところが面白いですか。

遠藤 僕はこのお陰で別の世界の人たちとずいぶん友だちになれた。それは悪くなかったと思っています。うちのライン・ダンスには六〇人ぐらいいます、一番年とっているのが七十幾つです。六〇人ぐらいいるんだけれど、そういうおばあ様もいる。レオタードつけて、自分が楽しければいいんだとやっている。しかしやっぱり、佐和子ちゃん、女というのはな、七十幾つになっても自分の脚を長く見せたいと思うらしいよ。レオタードを吊り上げるんですよ。そうすると越中褌《ふんどし》しているようでね（笑）。そういう心理がありありとわかるのも面白い。

阿川　女は、自分で美しく見せたいという気持なくしたら、もう駄目なんだそうですよ。

遠藤　そうだ、その通りだ。森下洋子先生に来ていただいて指導を受けたことがある、「白鳥の湖」のバレエで。森下先生は偉いと思った。そのとき白鳥として僕が採用したのは、それまでバレエなんかしたことのない体重八〇キロだか九〇キロの奥さまなんだよ（笑）。でも森下先生は熱心に教えていた。踊っている当人は、本当に陶酔したような顔だったから、そのあいだはとても幸せだったと思う。

いままで家のなかで料理、洗濯に明け暮れしていた団地の奥さんたちが、突如として貴婦人を演じたり白鳥になったりして、顔つきが変ってくるんです。久しく眠っていた女が目を覚ますから、「おう、きれいになったな」といってあげる。そのうちに、女房が何をやっているのか気になりはじめた亭主が苦虫かみつぶした顔でやってくる。「どうです、あなたも群衆の一人として出てみませんか、奥様とご一緒に」なんて勧めると、はじめは「いや」とか何とかいっていたのが、無理やりに出すと、もう次には自分のほうがやる気いっぱい。何とかと役者は、一度やったらやめられないものです。(笑)

阿川　そうですか。

遠藤　みんな、やっているときは実に真剣です。必死になってやっているから、お客には面白いんです。

今度、ローマ公演をやろうと、友人のいる旅行会社に頼んである。ローマでミュージカル見て、自分もミュージカルに出る、という旅行を設定するの。各自てめえが旅費も出演料も出して行くんだから、向うの舞台さえおさえておけばいい。

ニューヨークとロンドンでは一度やったことあるんです。ちょうどあちらで「コーラス・ライン」をやっていたときで、開幕前、その劇場のところに長い行列ができていた。われわれの劇を見るための行列じゃないけれど、それを写真撮らせて、僕がその行列の一人に「ホワッタイム・イズ・イット・ナウ」とか何とかいっているところも写真撮らせて、次のわれわれのプログラムに、「開幕前のお客さまと談笑する座長」とキャプションをつけて載せるわけです（笑）。嘘じゃないだろう、佐和子ちゃん。

阿川　知らない。（笑）

遠藤　私らの芝居の開幕前なんてどこにも書いていないんだから、嘘はどこにもない（笑）。そういうアイディアをだな、あなたも出してください。

阿川　そういうアイディアをですか。

遠藤　うちのライン・ダンスは世界で一番人数が多いのかな。それでギネスに写真送った。しかし返事来ない。（笑）

ニューヨークで公演したときには、『ニューヨーカー』という素晴らしい雑誌が取材にやってきたんだけど、それが出て読んでみたら、「われわれもずいぶんカルメンを見たが、ズボン吊りをしたホセが出てきたのははじめてだ」と書いてあった。（笑）

でもそんなアホなことをするのを喜ぶ外国人もいて、ロンドンであちらのアマチュアと、こちらは日本語、向うは英語で共演したことがあります。どちらか下手なほうに日本大使が花束を贈呈することになっていて、あちらの劇団が取ったけどね。あらかじめ向うへ花束をやれということで、そのためにいろいろ趣向を凝らしましてね。

(笑)

「マダム・バタフライ」の蝶々夫人は、さっきの音痴中の音痴のお嬢さんがやった。召使いのスズキの役は東敦子さん。その対比、面白いじゃない。(笑)

阿川 ええ。

遠藤 僕も芝居を見にいくと、舞台装置として花をたくさん植えてあれば、「このあと、この花はどうするの」と聞くの。たいがい捨てることが多いので、それならばと安値で買って、それをわれわれの舞台に使う。

衣裳は、池袋のキャバレーなんかが倒産したとき、ホステスの服をまとめて手に入れる。それに手をちょっと加えると、立派なベルサイユ宮殿の貴婦人の服になる。

(笑)

まあ、そういうアイディアをどんどん出してくれるスタッフを、僕は必死に求めていた。それであなたに白羽の矢が立った。(笑)

阿川 舞台の成功不成功は、君の肩にかかっている、ですか。ガタガタガタガタ……。

(笑)

遠藤 まずスタッフになって、出てみたくなったら出たらいいじゃない。

阿川　オーディションがありますんでしょう。

遠藤　もちろんあります。だけど僕に座長権限というものがあるから大丈夫です。

阿川　練習、厳しそうですね。

遠藤　蜷川幸雄さんって知ってるでしょ。前から演出を頼んでいるんですけれど、灰皿は必ず僕に投げてくださいといってある。座長が投げつけられると、みんなシーンとするじゃない。お出になってください。

阿川　夜中に「裏切られました」なんて電話するようになったりして……。（笑）

遠藤　もうこのくらいで対談は終っていいのじゃないかな（笑）。きょうは一人でいろいろしゃべりちらしたけれども、一見躁病的軽薄に見えるこの話のなかに実は奥深い意味と象徴を見つけることのできる読者と、それができない読者とがいるでしょう。（笑）

子供の頃から、遠藤さんは我が家に見えるたびに、こんな調子の冗談ばかりおっしゃるものだから、正直なところ、私は遠藤さんのことを本当はコメディアンなのではないかと疑ったことがある。

世間では遠藤さんの書かれた『沈黙』がベストセラーになっており、私の通っていたキリスト教系の中学でも、授業中や礼拝のお説教の際、『沈黙』の話を引き合いに出しては作者の遠藤さんのことを「真面目で信仰心のあつい方」と絶賛なさる先生がたくさんいらした。そんな話を聞きながら、私の頭のなかには、どうしてもあのおもしろ可笑しい遠藤さんの姿しか浮んでこない。この落差をどう調節してよいのやら、当時の私には見当がつかなかった。

しかし、ごく最近になってようやく樹座の公演を拝見する機会を得、もしかして遠藤さんが企んでおられるのは、こういうことだったのかと気がついた。

舞台を無事に終えたあと、タキシード姿の遠藤座長が劇団員に向かって挨拶をなさる。

「どうです、皆さん、楽しかったですか」

すると一斉に熱気に満ちた声が返ってくる。

「楽しかったでぇーす！」

その興奮ぶりは驚くばかりで、そんじょそこらのアイドル歌手のコンサートにだって負けないほどだった。

お世辞にも上等とはいいがたい素人劇に参加して（実は最近、練習の成果が表れて、不幸にもみなさん演技も歌も上手になり、それが目下の座長の悩みだそうですが）、下手であればあるほど褒められることが、これほど人間を幸せに生き生きとさせるものだとは、思わなかった。

樹座の活動だけではない。これぞ世に知らしむるべき大事な話をもった人とおぼしき人物に会われると、遠藤さんはその方と、あらゆる媒体を通して何度でも対談を繰り返し、できるだけ多くの人々に伝えようと努力なさる。しまいには当人よりも話の内容を理解してしまい、対談中、「ほら君、あの話、ほれ、あの話も忘れているでしょう」と忠告なさるほど。

これはまさにキリスト教でいう福音ではなかろうか。私には、遠藤さんという方が、だんだんイエス・キリスト様に見えてくるのである。ね、遠藤さん。私って、遠藤さんの、一見軽薄に見える話の、奥深い意味をちゃんと理解しているでしょう。


（'89・7）

少年とは

野坂昭如

のさか・あきゆき

昭和5（1930）年、鎌倉市生れ。生後半年で神戸に養子に出されるが、空襲で一家崩壊。孤児生活を二年ほど続け、少年院から実家に引きとられる。31年、早稲田大学仏文科中退。38年、「おもちゃのチャチャチャ」でレコード大賞童謡賞受賞。43年、『アメリカひじき』『火垂るの墓』で第58回直木賞受賞。その体験を通しての作風から「焼跡闇市派」と称される。作品には処女作『エロ事師たち』をはじめ、『好色の魂』『骨餓身峠死人葛』『死屍河原水子草』など多数。

阿川　人と話をするのはお好きですか。

野坂　ひと様と話をすることは好きなんです。テレビでもこういうところでもよくしゃべりますし、対談をやった数からいえば、僕はもの書きのなかで一番多いのじゃないかなあ。

しかし、好きだけれども、その前にものすごく緊張しちゃう。お酒を飲まざるを得ないんです。きょうも朝から飲んでます。

阿川　歌うのは……。

野坂　本当はあんまり好きではないんですよ。

阿川　舞台に立って歌うというのは、それこそすごく特殊なことのように思いますが……。

野坂　つまり僕には自分が引っ込み思案だという強迫観念があるんですね。このままじゃ俺は生きていられない、とにかく盗まなきゃならん、そこにあるものは何でもいいからパッととってしまわなきゃ食えない、という焼け跡での経験がそのことと結びついて、いつも自分を追い立てて、前に行かなきゃ、前に行かなきゃ、と思っているところがあるんです。そうしなきゃ人に後れをとる……。ふっと気がついたら、自分がいちばん前に行っていた。出しゃばり、オッチョコチョイの定評がさだまっていた。

「兎とカメ」のカメが頑張りすぎたというか。（笑）

阿川　僕は、家にいるときはだれともしゃべらないですよ。

野坂　それがご自身の自然な姿でいらっしゃるんですか。

そう思います。一人でいることは全然苦痛じゃない。まあ一応本があれば……。本は、たいしたものじゃないけど、一日三冊ぐらい読みますよ。速いんです。とにかく、じっと僕の部屋にいますよ。

野坂さんは本当に呑んべえでいらっしゃる。その日、朝から飲んでいらしたというのはまんざら嘘ではないようで、部屋に入っていらした瞬間、かすかにお酒の匂いがした。

それでもさすがに真の酒呑みという方は、お酒に呑まれることがないらしい。しらふのときも（もっとも、そういう機会にお会いしたことはほとんどないのだが）ベロンベロンのときも、野坂さんは変らず饒舌で早口で、ときおり不機嫌そうに、ときおり攻撃的に相手と対面なさる。

野坂さんが突如として人をポカリと殴ったり大胆な暴言を吐いて世間を騒がせるのは、決して「酔った勢いで、つい……」という類のものではないし、悪ふざけでもない。むしろ真剣そのものなのだと思われる。その証拠に、騒ぎを起した翌日になって、「えっ、そんなこと僕、ぜんぜん記憶にないなあ。それはどうも失礼しました」なんて無意味無責任な弁明を野坂さんの口から聞いたことは一度もないような気がする。

野坂さんは、世の中に対していいたいことが山のように溜まっていらっしゃるのである。しかし、その忿懣《ふんまん》を爆発させるにあたって、ただ杓子《しやくし》定規にいきり立つのでは、野坂さんの武士道が許さない。酔っ払いの戯言《ざれごと》のように見せ掛けて、あるいは冗談まじりに人を笑わせながら、実は本気で野坂さんは世を憂えていらっしゃる。

阿川　野坂さんは、どんな少年時代を過ごされたのですか。

野坂　僕は子供のときから目が悪くて、小学三年でもう眼鏡をかけていました。いまはそれほど珍しくないだろうけれども、あの頃小学三年生で眼鏡をかけている子供なんてまず、いなかった。

騒ぎまわる年ごろでしょう。だけど眼鏡のツルがすぐ壊れちゃうものだから、暴れることができなくなってしまった。ツル一本五十銭でした。（笑）

同じ理由でチーム・プレーができない。ドッジボールとか野球とか、近代的スポーツといっていいようなボール・ゲームができなくなって、相撲とか鉄棒とか短距離のように、孤独なスポーツのほうに向うようになりました。

そしてもう一つ、喧嘩ができない。眼鏡をとると不安感がつのってすぐ泣き出してしまう。引っ込み思案にもなった。

身体検査で目の検査をされるとき、いやでしたね。字が小さい下のほうからはじまるけれども、上に行って字が大きくなっても、「読めません」というよりしようがない。「なんだ、お前、字読めんのか」、「いや、字は読めますけど、見えません」。それでまたみんなに軽蔑された。なにしろ字はコナルカレフニロと片仮名だし。(笑)

眼鏡のほかに、名前でもいやな思いをしました。当時の僕の姓は「張満谷《はりまや》」、名前は「昭如《あきゆき》」。だれが読んでも、「チョウマンゴク・ショウジョ」(笑)。「張」という字がつけば中国系か韓国系に思われたんです。差別が当時あった。

戦争がだんだん激しくなるにつれて、胸にネーム・プレートなんかつけさせられたんですが、それには学校の名前、生年月日、僕の名前、血液型が書いてある。電車なんかに乗ると、女学生が目引き袖引きして、「あれ、何と読むのやろ」などという。僕は恥ずかしくてね。

学年が変るたびに、先生にもよく間違って呼ばれた。いちいち僕は立ち上がって、「チョウマンゴクと違います、ハリマヤいいますねん」、「ハリマンヤ?」、「ハリマヤですねん」なんていわなければいけなかった。

この、名前と目が悪いのとで、かなり鬱屈した少年になっちゃったんです。あの頃ビデオなんかあったら、いま盛んにテレビや新聞をにぎわせているミヤザキさんちのツトム君（笑）みたいになったかもしれない。家に帰って、ただただ本ばかり読んでいた。

小学四年のときに蜀山人を読んで父に不思議がられた、狂歌がわかるのかって。冒険小説みたいなのももちろん読んでいましたが、平賀源内の歌舞伎の脚本とか、とにかく人とつきあうのが怖いものだから、そういうふうに本ばかり読んでいた。信じがたいことかもしれないけれど、僕は相撲は強かったし、鉄棒も水泳も自信があったんです。にもかかわらず、気が弱くて、喧嘩ができなかった。

養子に行った先で一人っ子として育ちましたから、兄弟がどういうものかも知らない。本ばかり読んでいるので、親たちは心配して外へ連れ出そうとしたり、友だちと遊ばせようとしたのですが、なまじ家が金持ちだったために、だれも遊びにこない。もっている玩具も文房具も全部ドイツ製で、そんなのは恥ずかしくて学校へはもってゆけなかった。色鉛筆でも、ほかの連中はせいぜい五色か六色しかもっていないのに、僕はドイツ製の二四色なんかもっているわけです。だから、これは家に置いといて、学校へはみんなと同じものを買ってもっていきました。家に帰ってから、ドイツ製のを削って、ちゃんと使っています、というふうにしておく。こういう二重生活をせざるを得なかったんです。

空襲で焼け野原になるまで、僕は飛行機乗りに特配のチョコレートを食べていた。ご飯の弁当だって贅沢なオカズ。でもそれはどこかへ捨てて、付け合せの梅干、佃煮で食べる。

洋服だって、ほかの連中は全部スフ（レーヨン）です。僕だけ当時で一着六〇円の、いまだと一五、六万の注文服を着て、みんなとは段違いにいい恰好していた。

空襲で焼ける前の晩の夕ご飯がとくに記憶に残っているんだけれども、缶詰の蟹を薄焼き卵で巻いて油で揚げたものと、焼豚にクリームスープ。昭和二十年六月四日のことです。みんなが変なものしか食べられなかったときに、僕の家ではこんなものを食べていたんです。もっとも、焼けるんだからと大盤振舞いではあったけれど。（笑）

だもんで、そういうことを外に対してごまかさなければいけないし、内にはいい子になっていなければいけない。勉強もよくできるし、スポーツもよくできる、学校で人気者である昭ちゃんを装わなければいけなかった。くたびれましたね。嘘ばっかりついてなきゃならない。（笑）

阿川　おうちで、そういうの、おわかりにならなかったんですか。

野坂　どうなんだろうな。もしわかっていたら、何かいったんじゃないかと思いますけど、もう最後の頃は中学三年になっていましたから、かなり上手になって。

言葉でも二重生活でした。うちはもともとが東京だったので、母や祖母は東京弁なんです。僕もうちでは東京弁に近い言葉で話していたので、外でうっかり「ナニナニでしょ」と口を滑らせると、「なんや、お前、めんたみたいなことをいいやがって」といわれる。「めんた」って女ということです。僕はあわてて、「なんやねん。どないしてん」。また家でうっかり、「なんやねん」というと、「昭ちゃんもとうとう神戸の子供になっちゃった」といわれる。（笑）

僕は、この神戸の家で親に物を買ってくれとねだったことが一度もないんです。僕が欲しいという前に、親は与えてくれるわけ。だけど、子供って自分の意志で何か買いたいということがあるでしょう。でもそれがいえない。「昭ちゃんはおとなしい」とか、「昭ちゃんを見習いなさい」とか、よく親戚の人にいわれたけれど、本当は買ってほしいといい出せなかったんです。それでどうしたかというと、欲しいものを盗んだ、つまり万引きにおもむいた。盗み食いとか。

いつもオドオドして生きてきた成果が焼け跡で花開いた（笑）

阿川　ずいぶん屈折した少年時代だったんですね。

野坂　しかし、僕はそれで生き残ったともいえるんです。空襲で保護者を失い、一人ほっぽり出された。遺産はあったけれども、インフレであっという間になくなっちゃった。一人で生きなければいけないとなったとき、足が速くて、喧嘩に強く——やれば本当は強いんだから——、しかも盗みの才能があるというのは、とても有利なことでした。いまだって、万引きやらせたら僕はかなりうまい。スリは不器用でダメだったけど。（笑）

阿川　何かコツがあるんですか。

野坂　コツというより、ほかのお家のへそくりのありかなど、感覚的にパッとわかっちゃうんです。（笑）

阿川　野坂さんには、家に来ていただかないほうがいいかもしれない。（笑）

野坂　泥棒になる素質が僕にはあった。よくいえば、相手の気持を察するという性《さが》が身についてしまった。いつもオドオドして、人に気を配って十四年間生きてきた成果が焼け跡で花開いた。（笑）

僕は記憶力がいいとよくいわれます。でも記憶力なんて、洞察力とか想像力とか判断力などに比べると、最も低次元にあるものですね。

「何年何月何日に、あなたは何をしていたか」といわれたら、その場ではすぐいえなくても、錯覚まじりながら思い出せる。その日のお天気から、匂いから、音から、全部丸ごと甦ってくる。

だから、プルーストじゃないけれども、もしその気になれば、ある一日でも、ある一年間でも、自分のことなら資料なしで書くことができます。

以前、梅原北明のことを書いたことがあって、このときは一応資料に当りましたけれども、それ以外には一冊の資料も使っていない、だから整理が下手です。第一、僕の部屋に本棚というものがない。

阿川　じゃあ、どこでもお書きになれる。

野坂　ええ。資料も、自分のことならいらない。

それで話は戻るけれども、焼け跡に立ったとき、こんなにクヨクヨしていたら生きていられないと思ったのですね。もう泣いてなんかいられない。だから積極的に喧嘩をしました。あのままずっと喧嘩していたら、安部譲二さんの三の子分くらいにはなれていたかも。（笑）

あげくの果ては少年院に入って、そこで痩せこけてしまって、このままでは死んでしまう、脱走しなくちゃ、と本気で考えていたときに、ひょいと野坂の父がやってきて助けてくれた。窃盗で入っていたのですから、保護者がいればすぐに出してくれました。ほかは殺人、強盗、強姦のモサばかり。

昭和二十二年十二月二十二日に出所して、その日の夕方に新潟に着き、二十四日から翌年二月の旧制高校の試験日に向けて勉強しました。少年院から現役で旧制高校に入ったのは、おそらく僕一人だと思う。

新潟って寒いから、毎日一升くらい盗み酒で体を温めつつ試験勉強していました。野坂の父は副知事でしたから、酒なんか、当時でもいくらでも台所にあるわけです。継母がかばってくれて、一緒に飲んでくれました。父は、酒はあまり飲まないし、役人で朝早いから、もう寝ちゃっている、兄も寝ちゃっている、そこに十六歳の僕と三十四歳の美人の継母が酒盛りしている（笑）。危ない感じでしたね。（笑）

小説家の才能は無いにひとしいけれど、僕の育ってきた環境を見れば、小説家としては恵まれている。たとえば、私小説風に考えて、生れるとすぐに母が死に、養子に出された。養子に行った先が石油の元締めで、あの頃の石油の一滴は血の一滴、これはもう、贅沢ができました。インチキですけど。

それが六月五日に、家がなくなり、家族も死んだり怪我をしたりのえらいことになった。一年間は遺産で何とか食えましたけれども、インフレで駄目になり、それから一年半のあいだ、かなりひどい目に遭いました。

喧嘩したり盗みをしたりして、結局、多摩少年院に入ったのですけれども、そこから助け出してくれたのが僕の本当の父親で、新潟県の副知事をしていました。つまり米の元締めです。昭和二十二年当時の新潟といったら、大変なものだった。米がなくて困っていた時代ですから、そこの副知事といったら、アラブの王様みたいなものです。僕はその次男になっちゃったわけです。長男が「あんにゃ様」、次男は上が死ぬと跡を継ぐから「もしかあんにゃ」。(笑)

阿川　サングラスいつ頃からかけていらっしゃるのですか。

野坂　サングラスなんてカッコ良くない。黒眼鏡ですよ。かけはじめたのは、いまの高校三年のときでした。進駐軍がみんなこれはたしかにサングラスをかけていて、それを真似したんです。うちは副知事で金持ちだから、黒眼鏡なんかも自分用のをつくることができた。

当時、黒眼鏡は、いまみたいにコーティングするんじゃなくて、レンズそのものに色がついていました。視力は左と右とで度が違う、度が強い右のほうがレンズが厚くなって、色が濃くなるんです。そういう右と左と色の違う黒眼鏡をつくったのが昭和二十四年の夏でした。

黒眼鏡をかけてみると、人間の顔というのはシャドーの部分が多いほうがきれい、立体的に見えるんです。自分の顔が進駐軍みたいな顔に見えたわけ（笑）。軍国少年大転向というわけ。（笑）

これはいいや、というので、それから黒眼鏡をかけることにしたのですが、あの頃は黒眼鏡をかけている人といったら、目の不自由な方か小指の不自由な方か、そのどっちかです。いや、喧嘩をよく売られましたね。（笑）

僕は小学三年のときから眼鏡をかけていますから、眼鏡をとられると逆上するんです。何か、自分の根底を揺がされるような感じがするんですね。みんな汚い恰好しているときに、いま見ても仰天するくらいにいい洋服で、しかも黒眼鏡をかけて歩いているものだから、喧嘩を売ってくれといっているのと同じようなものです（笑）。相手の手がひょいと僕の黒眼鏡に伸びてくると、途端にこちらはカーッとなっちゃって、

気がついてみると相手はひっくり返っている。僕も怖いものだから逃げる。（笑）
そんなこんなで、今度は逆に、黒眼鏡というのは武器にもなるなと思ったんです。それでマスコミの仕事をするようになったとき、黒眼鏡のいかがわしい男というツッパリで出たわけです。いまはテレビ界なんかにいかがわしいやつがいっぱいいるけれども、あの頃はそういうのが珍しかったし、というか、僕にはそれしか売りものがなかったものね。（笑）
だから、僕はいかがわしいところでばかり仕事をしてきました。まずはじめがラジオのコント。ここには永六輔という大天才がいました。テレビに行ったときも彼がいまして、すでに大家。
しようがないから、次に三木鶏郎さんがやっていたコマーシャル・ソングをつくってみた。いま残っているのは、「伊東へ行くならハトヤ、電話はヨイフロ」だけですね。「おもちゃのチャチャチャ」も僕がつくったんだけど、まあカマトトもいいところですね。（笑）
そんなふうなことをやっているうち、もうじき廃刊と決った雑誌に、何でもいいから小説書いてみないかといわれて『エロ事師たち』。阿川弘之さんはこれを小説とは全然認めないで、「これはピュリッツァー賞のほうだ」といわれた。ピュリッツァー

賞とは何だと僕は思ったけどね。(笑)

人がいないところを見はからってゴミ置場の掃除をします

阿川 お嬢さんのお出しになった本によると、ときどきお掃除なさったりするとか……。

野坂 掃除とか、ゴミ出しとか、洗濯とか、後片づけは、全部僕がやりますよ。スーパーにも買い物に行くし……。きょうは金曜日でしょ、金曜日は燃えないゴミを出す日なんだ。洗濯は、家中のをしてますよ。

阿川 ご自身のだけじゃなくて、ご家族のも洗っちゃうんですか。

野坂 ええ。女性の下着なんて、盗むやつの気持が知れないね、俺。あれはロマンチックな代物じゃない。(笑)

阿川 家事をなさるのが楽しいんですか。

野坂 家事というのは、わりに孤独なものでしょう。つまり、じっと一人でいることの延長なんです。

毎日、僕は朝の三時頃に起きます。原稿を書いていると、五時四十分に朝日新聞がくる。それを一応読むけど、新聞なんてのは最近くだらないからね、いい加減なところでやめて、洗濯機に洗濯ものを放り込む。みんなはまだ寝ているわけだから、なるべく音をたてないようにして、猫五匹分の抜け毛を拾い、こいつらと外猫三匹に餌をやる。それからあと庭の草むしりをして、野菜をつくっているものだから、食べごろの野菜をとる。ゴミを袋に入れて外に出すのも僕がやっています。

僕は「ゴミュニケーション」といっているんですが、ゴミを出すとき、ご近所の人と顔が合えばお互いに「おはようございます」とやはり挨拶。そうすると、どこどこのおじいさんがどうしたとか、お嬢さんはパリでどうしているとか、話がはずむじゃないですか。きっと奥さんたちにいわれたのだろうと思うけど、近所ではみんな男がゴミを出すようになった。（笑）

それはまあいいんだけど、見ていると、昔と違って、町に住んでいる人たちの公共的なものに対する配慮がなくなっていると思う。

ゴミをもっていったあとに、落ちこぼれたのがあるでしょう。僕はその掃除もするわけ。僕がしていると、一応有名人だから、これ見よがしでしょう。だから、あまり人がいないところを見はからって掃除する。つまり、そういう孤独な作業は、僕はできるんです。

阿川　いま一番面白く思っていらっしゃることって何ですか。

野坂　何にもない。本当に何にもない。きょうあなたにお目にかかれるということだけを楽しみに、この何日かを辛うじて生きてきたんだ（笑）。きょうが終ったらどうしようかと思う。

あっち向いたってこっち向いたって、面白いこと何もないしね。宇野さんの女性問題にしたって、十八のときから芸者遊びをしている僕としては、教えてあげたいぐらいのものです。あれは、近江商人が牛かなんか買うようなやり方です。芸者遊びのルールに反しているし、一番不愉快だと思うのは、女性を人間扱いしていないということ。女性を人間扱いしないような人は総理大臣になるもんじゃない。いかに政治能力があったとしてもね。

阿川　海部政権はいかがですか。

野坂　海部さんという人は、見ていると面白いけど、あれ、だんだん漫画の『AKIRA』に似てきましたね、下三白眼が強調されて。（笑）

僕もちょっとだけ参議院議員をしていましたが、一つだけ確かなことは、政治家になると人相が悪くなるということです。

その社会にふさわしい政治家あるいは権力者しかもつことができないというういい方

がありますが、政治家の人相にも同じことがいえますね。いまの世の中の仕組みが人相を悪くしてしまうんでしょう。

昔の政治家といったら、プライバシーに関することをいいはじめたらめちゃくちゃな人がいたと思うけれども、顔には、やはり一国の経綸《けいりん》をふるうにふさわしい貫禄見識を備えていたと思う。

いまはどんどん顔が悪くなるばかり。尊敬に値する政治家なんか、僕の目から見て一人もいない。リクルートで二〇〇〇万がどうだとか三〇〇〇万がどうだとかいっても、いまの日本の政治の世界では億単位の金が右から左へ流れているんですから……。金に振り回される人間は、顔が悪くなるという気がします。

阿川　最後に、野坂さんは、こんなふうに死にたいと思われることがありますか。

野坂　いかに死ぬかは、いかに生きるかということになると思うけれども、生きるというのは、自分で意志的にやることができるように見えて、結局はさまざまの要因で決められてしまっているところがありますね。とくに僕みたいな年になっちゃえばね。

意志的に死ぬというのは自殺だけれども、僕の頭のなかには自殺の考えはないんです。ただ、体に悪いと知って煙草も吸うし深酒もする、緩慢なる自殺をしている自覚はないでもない。

一人でボーッとしているのは、あまりいいことではないけれど、僕はゴルフもやらないし、音楽を楽しむということもしない。本は生きる糧であって、食べ物と同じ。食べ物だって、うまいものを食べようなんて思いません。

そうすると、朝から晩まで、俺、何してんだろうとときに反省する（笑）。朝起きてから、さっきいったようなことをして、あとはひっくり返って本読んで、原稿を書く仕事があるときは原稿書いて、もういっぺんくらいいい作品を書きたいというふうな自惚《うぬぼ》れもあることはあるけれど、それもたいしたことなさそうだし……、というような明け暮れ。要するに、もう死んでいるようなものですね。平均寿命と生、才能は関係ない。

いまのところ血圧が高いとか不整脈があるとか何か特別な症状があって、それによって死に脅えるということはないんだけれど、死亡記事は気になりますね。それを見て、僕は何で死ぬんだろうなと思うことはありますけれども……。

僕には娘が二人いるんですが、上はもう二十五、下も十六になりますから、どんな目に遭ったって二人とももう一人で生きていけます。娘が小さかったときは、娘に理不尽なことをした男は殺してやると思っていましたけれどね。いまだって、ほかの国のやつが俺の娘をかどわかして何かしたら、今度は衆議院議員に立候補して、総理大臣になって、そこの国と戦争して、みな殺しにしてやろうと思っている。（笑）

阿川　お嬢さんがボーイフレンドを連れて家にいらっしゃると、娘は家事いっさい何もしませんとか、幽霊がいるようなもんですとかおっしゃるんですってね。

野坂　事実そうだものね。（笑）

阿川　宝塚にいらしたお嬢さんに差し入れもなさったとか……。

野坂　娘が下宿みたいなところにいたとき、訪ねていってドアを開けるとき、僕はいつも考えたね、もしも男が出てきたらどうしよう、と。男が出てきたことはいっぺんもなかったけれども。夜遅くなったりすると、起しちゃ悪いでしょう。だから手紙だけ置いて帰ってきたりね。そんなことは何べんもある。

阿川　優しいお父さん……。うちの父に聞かせてやりたい。

野坂　娘がパリにいたときもたいへんだったんですよ。腹をすかせていたらかわいそうだという、そのことしか僕は頭にないんですね。うちの近くの宅配便配送所から、海外にものを送れる一番大きい箱を買ってきて、あっちこっちから買ってきたものを詰めるんです、僕の部屋で。

日本の小説は、外国にいて読んだほうがよくわかるだろうからというので文庫本をいっぱい入れ、あとはマーボー豆腐の素、お粥、佃煮、ヨーカン、懐中汁粉、五目飯の具、お茶漬け各種を入れて、紙じゃなくて繊維製の丈夫なテープでしばって、さあできた、ともち上げようとすると、もち上がらない、重くて。（笑）

それでもどうにかこうにか、狭い廊下を荷物を縦にして運ぼうとするんですが、こういうのは心臓に非常に負担になるんです。僕はこうやって心臓麻痺で死ぬかなと思った。（笑）

しようがないから庭のほうに回って、エンヤコラサと持ち上げて、三六キロを二つ、玄関まで運んで、運送屋に渡して……。

あとで、これはしかし、俺がもてないんだから、パリのアパルトマンにいる娘も二階まで運ぶのはとても無理だ、と考えて、もう一つ日本人形を入れた荷物をつくり、「コンシェルジュにこれをやって、二階まで上げてもらえ」と、パリの娘に電話をかける……。あとで聞いたら、コンシェルジュはその後もちゃんと二階まで運んでくれるそうです。僕がパリに行くときも、いつもそのコンシェルジュにお土産をもっていきます。

本当に、一番最初に荷物送ったときは、俺、死ぬかと思った。外国にいる娘に荷作りして心臓麻痺で死ぬのは、これ、軽薄文豪の死に方として、ちょっといいんじゃな

い？（笑）

阿川　涙が出ちゃいますよ。

野坂　それ以外には、まだ想像力が働かないというか、どういう死に方がいいか、考えたことありませんね。

インタビューが終っても、野坂さんはにわかに立ち上がろうとなさらなかった。ウィスキーの水割りグラスを握ったまま、そぞろにおしゃべりは続く。速記の方が引き上げ、カメラの機材がすべて片付けられたあとも、野坂さんはゆっくりとグラスを傾けながら、いろいろな話をしてくださった。もはやその頃には、野坂流緊張感も消えていらしたようにお見受けする。

「では、そろそろ……」

次の予定の時間が迫っていた私は、失礼と思いつつ思い切って切り出すと、野坂さんが黒眼鏡の向うからこちらを見つめ、

「そうですか。じゃ」

顎を少しあげ、口をつぐんだまま軽く頰笑まれた。

（'89・10）

娘とは
阿川弘之

あがわ・ひろゆき

大正９（１９２０）年、広島市に生れる。東京大学国文科卒業。第二期海軍予備学生として入隊。昭和21年復員し同年『年年歳歳』で文壇に登場。27年『春の城』で読売文学賞、41年『山本五十六』で新潮社文学賞を受賞した。芸術院会員。著書に『雲の墓標』『舷燈』『暗い波濤』『軍艦長門の生涯』『米内光政』『井上成美』など多数。

阿川　この一連のインタビューをまとめて本にするそうだから、最後に自分の親父をもってくるのも冗談にはなるだろうと思って引き受けたよ。

佐和子　私は最初っからお断りするつもりだったし、お父さんも、やっぱり勘弁してもらおうという感じだったから、すっかりそのつもりでいたら、私が知らないあいだに引き受けていて、裏切られたと思った。(笑)

阿川　いままでお前がインタビューした方たちの名前を眺めてみて不愉快なのは、全員僕より年下だってこと……(笑)。古い話になるけれども、昔、広島の旧制高校を出て、東京の大学へ入り、文学部の窓口で何かの手続きをしているとき、そばにいた大分年上の学生が僕の書いている書類を見て、「ああ、大正九年生れが本学へ入ってくるようになったか」と溜息《ためいき》をつくようにいったのを、いまでもよく覚えてるんだ。それからそんなにもたっていないような気がする。要するに、長い間未熟な駄目な作家のようにいわれ続けたせいもあるけれど、大抵の人はまだ自分より年上のような気がしてるんだがね。

佐和子　大学教授だってとうに退官している年齢なのに……。

阿川　理性的にはわかっているけれど、感覚的にはわかっていないんだ。

佐和子　大学時代のテニス・クラブの二十五周年記念パーティーがあって行ったんだ

けれど、十五歳ぐらい下の子がもう大学生なの。私、何となく化石のように扱われて……（笑）。でもまあ、そういうことってありますねえ……。きょうはどんなことを話せばいいのかしら……。

阿川　いままでお前がインタビューした人たちの悪口を片ッぱしからいっていくというの、どうだい。

佐和子　ああ、きょうも折り合う気配がない……（笑）。最近の関心事は、やっぱり東ドイツとか社会主義国家のことでございますか。

阿川　政治学者じゃないんだから、そうしょっちゅう考えているわけではないけれどもね。

佐和子　最近、会えば東ドイツのことばっかり話するじゃない。

阿川　テレビになんぞ出ている娘だからちゃんといってやらんと、腰がぐらついたりしたら困ると思ってね。もっとも、お前の出る時間、こちらは熟睡中でほとんど見たことないけど。それが終った頃に起き出して朝まで仕事するのが日課だから……。いま東ドイツがあんなことになっているけれども、世界中、もう社会主義では駄目だってことがわかって、命懸けでそこから逃げ出そうとしている人がたくさんいるのに、日本にまだ左っぽい人間がいるっていうのは僕は本当にわからない。何かよき社会主義というものがあるといまも思っているのかね。結局、精神の構造が弱いんじゃなかろうか。僕はついに一度も赤にかぶれなかったがね。

佐和子　若い頃からずっと？

阿川　うん、嫌いだったし、あんなものはとうてい駄目だ、悲惨のかぎりだと思ってたからね。

佐和子　でも、世の中の風潮がそういうふうになったときもあったでしょう。

阿川　そりゃ大ありさ。だから、戦後僕なんか冷遇されたよ。あいつ一人意識の低い向う岸の人間だといわれた。目覚めていないってわけよ、阿川というのは（笑）。だけど目覚める気はまったくなかったな。

佐和子　おじいちゃんやおばあちゃんとはそういう話、したことあるの。

阿川　思想的な話は、まったくないというわけではなかったけれど、ほとんどしなかったね。二十歳までに共産主義にかぶれない者は馬鹿だ、四十になってもかぶれていたらもっと馬鹿だというから、一貫してかぶれなかった俺は馬鹿がそのまま老化しただけかもしれないけどね。

佐和子　テレビでご一緒している秋野豊さんが、東欧のことを明快に話してくださるんだけれど、それによると、東ドイツの民主主義運動はポーランドやハンガリーの場合とはちょっと意味合いが違うという。つまり、東ドイツの民主化は、イコール、東西ドイツが一緒になること……。

阿川　そうだよ。東ドイツである意味がなくなるんだもの。だけど、あのまま放っておいたら、東ドイツの国民九〇パーセントくらい外に出てしまうだろうね。ジョークがあるだろう、ルーマニアのチャウシェスクだっけ、夜中に起き上がって、「自由化すると国民がみんな西へ逃げて行ってしまって、俺とお前しか残らないことになるかもしれない」といったら、女房がガバッと起き上がって、「あら、私が残ると思ってんの」といったという話……。(笑)

八〇〇〇人だよ、チェコへ出たのが一日で。こういう話をテレビで筑紫哲也さんにどんどんぶつけてみりゃいいじゃないか。こういう現実をどうお思いになるんですか、と……。

佐和子　だからね、……喉渇いちゃった。(笑)

阿川　いつも時間ばっかり気にして、つまらん話をしてるぜ。

佐和子　お父さんも私の番組に二、三度出演してもらったことがあるけど、昭和天皇陛下が崩御されたときは、とても困った。お父さんがゲストで私が司会だったけど、お父さんは何かひと言しゃべると泣いて、しかも鼻をかんだ紙を私に渡そうとする。

私はそれをどう受け取ったらいいかわからない。コマーシャルが入らないので、カメラがあっち向いているあいだにすばやく受け取らなければいけないし、あのときは本当に困りました。（笑）

一歩外に出ると本当に腹が立つことばかり。あらゆることに腹が立つ

佐和子　「国を思う」というテーマのときに出たジョークの話は、あれ、何だっけ。

阿川　それはね、アメリカには、少数民族とかよその国の国民性をからかったジョークがいっぱいあるんだよ。チャイニーズ・ジョークも、ポーリッシュ・ジョークも、ほかにもいろいろある。ところがジャパニーズ・ジョークっていうのは聞いたことがなかった。僕が日本人だから耳に入ってこないのか、英語がそんなに自由にできないからいわれていてもわからないのか、と思って人に聞いてみるとやはり無いようだという。三十年来これというジャパニーズ・ジョークを耳にしなかったんだ。それが、最近出てきているんだね。

たとえば、船が難破し救命ボートにみんなが殺到して、一人だれかに海へ飛び込んでもらわなければそのボート自体が沈んでしまうという場合、どういう言葉が殺し文

句となってそのだれかは海へ飛び込んでくれるか。

アメリカ人には、"Don't worry, you are insured."――「保険がかかっているから大丈夫」というと飛び込んでくれる。ドイツ人には、"The captain ordered you to jump."――「船長の命令だ、飛び込め」(笑)

佐和子　イギリス人は？

阿川　イギリス人は、ちょっと忘れたけれども、これが本当のスポーツマンシップだというふうないい方だった。オランダ人はケチということになっているので、「このライフジャケットは世界一高いんだ」というと、「よし、俺にくれ」といって飛び込む。そして、そこに日本人が登場してくる。

"Everybody is jumping."――「みんな飛び込んでるよ」(笑)

佐和子　「赤信号、みんなで渡れば怖くない」ってアメリカ人がよく知っているわね。

阿川　そうじゃない、少しちがうね。みんな同じパターンでしか行動しないということなんだよ。ニューヨークで自転車だかにはね飛ばされて死んだ日本人旅行者がいるけど、ああいう行動様式で動いていちゃ、はねられるに決ってる。

ニューヨークでは、みんな赤信号を無視しているように見えるけれども、みんながそうしているからそうしているのではなく、一人一人が自分の責任においてちゃんと右左見て勝手にやってるんだからね。「電車が参ります。危険ですから白線の内側へお下がりください」と二分おきにアナウンスしている国ではないんだ。

佐和子　私もだんだんお父さんに似てきたみたい、そういうところ。

阿川　腹立つんだろう、そういうことにね。（笑）

佐和子　そう、そんなにいわなくったっていいじゃない、という感じになる。

阿川　一歩外に出ると、本当に腹が立つことばかり。あらゆることに腹が立つ。だけど、文士が抽象的にそんなことといったって書いたって、何の効き目もない。たまたま東急の機関誌みたいなところからインタビュー頼まれたから、さんざんいってやった、「ほかのところはどうでもいいから、私が住んでいる東急の沿線だけでも静かにしてくれ」って。「駅で日本人全部を赤ちゃん扱いしたようなアナウンスをいちいちするな」とかね。まあ、もう少し丁寧にいったけど……。そうしたら、この頃ずいぶん静かになった。

佐和子　本当？

阿川　うん、アナウンスの代りに「電車が来ます」という電光掲示板がパッとつくようになった。だけど、東急百貨店だけは相変らず、「よい子のみなさん、エスカレーターに乗るときは、黄色い線の内側に正しく乗りましょうね」とやっている。本当にカーッとくるよね（笑）。そんなこと、ガキのほうでちゃんと心得てるよ。あれ、何でやっているかといったら、躾《しつけ》の悪いガキが怪我したときに、自分の躾が悪いことを棚にあげて平気で文句をいう親がたくさんいるから、「こちらではちゃんとご注意申し上げております」というためなんだからね。そんなこと親がいってきたら、突っぱねりゃいいんだよ。だいたい世の中の若い母親たちが馬鹿なんだ。

佐和子　ほいほい、それでお次は……。（笑）

阿川　何をいわんとしたのか。ついこのあいだ聞いた話思い出したので、それをいおうとしたんだがな。……そうそう、千葉駅で発車のベルを鳴らさなくなったということを聞いて、それはたいへん結構と思っていたら、そのかわり、「当駅では発車のベルを鳴らしません、みなさんご注意ください。当駅では……」とのべつやっているそうだ。笑ったね。（笑）

佐和子　グリーン車の位置についてもいっていたわね。

阿川　どうしてそのこと知っている？

佐和子　このあいだ家に帰ったときに話してたじゃない。

阿川　そうか。昔、まだ新幹線がなかった頃、優等車両、一等寝台、二等寝台は下関寄りについていて、食堂車へ行く人が行き来したり、修学旅行の生徒が出たり入ったりすることがなく、たいへん静かだった。いま、せっかく高い金を払って新幹線のグリーン車に乗ったって、ドアの近くに座ってごらん、物売りは来るわ、人の出入りがあるわで、落ち着けたもんじゃない。グリーン車は端っこに付けるべきだよ。何を考えて真ん中につけたかというと、降りたときに階段が近いからだって……。（笑）

佐和子　このあいだは、あるところでこんな話が出たの。車内の駅弁売りの声がうるさいといったら、最近はあまり「弁当、弁当」といわず静かになったけれども、ハッと気がつくともう通りすぎたあとで買うチャンスを逃してしまうって……。（笑）

阿川　僕ものべつ腹を立てているんだけれど、ときどき少し自己反省をする。

佐和子　ほう。

阿川　ずっと前だがね、スペインのマドリッドからパリまで、通しの安い二等寝台で旅したことがあるの。長い長い寝台列車なのに食堂車がついていないんだ。スペインのカラカラのところから来て喉が渇いているのに、水も何も売りに来ない。とまった駅に水の出るところも見つからない。苦しかったよ。日本へ帰ったら、車内販売の声がうるさいっていうのはやめようと思ったね、そのとき。

佐和子　それはいつ頃の話？

阿川　いや、ずいぶん昔だな。だから、反省しても、また行かないと駄目だね。（笑）

佐和子　まわりがいけないから自分はイライラするんだ、ハワイに行くと心穏やかになるといってハワイに行っても、イライラ、ブツブツ、文句ばっかり。最近はハワイは混んでいる、とかね。

阿川　いや、だけど僕はハワイではとても親切な気分になっている。親切がアロハ着ているみたいになってるよ。

佐和子　とくに、日本人観光客に出会えばイライラするし、お店の人の対応がどうだとかいって怒っているじゃない。

阿川　そうかい。（笑）

佐和子　でも、腹立つ理由に、私も最近はわりに共鳴するようになった……。（笑）

阿川　似てきたんだよ。

佐和子　小さい頃は、お父さんが怖かったものね。小学校の低学年のときに、「きょう学校でね」と話し出した途端に、「いったい何がいいたいんだ、結論は何なんだ」といってよく怒られた。だからその先を話す勇気がなくなって、泣いてしまったりして。中学ぐらいになってようやくね、少し自分のことがいえるようになったのは。

阿川　だけど、俺はお前にいいこともしてやっていると思うよ。そりゃね、貧乏はしたけれど、そのわりには食うことに金を惜しまなかっただろう。貧乏文士にしては、結構贅沢なもの食べさせてるよ。

佐和子　はい。

阿川　それから、落語をたくさん聴かせたのは、ものを書いたり考えたりするうえで役に立っていやしないか。

佐和子　それはもう……。最近はそんなに寄席には行かなくなったけれどもね。

阿川　家にある志ん生や文楽の傑作のテープを繰り返し繰り返しよく聴いただろ。

佐和子　一時、新宿の紀伊國屋ホールにもよく通った……。

阿川　うん。お母さんから聞いたんだけど、お前、お母さんに自分で書いた文章を電話で読んで聞いてもらったりしているらしいね。テレビは見ないけど、俺、文章のほうはなるべく読むようにしているんだ。俺にうるさいこといわれるのがいやなんだろうけれど、ときどき敬語の使い方とかおかしいところがあるよ。

佐和子　そういうのは素直に聞いています。こんな素直な娘はいないというくらいに……。

一緒に住んでいたときは、時間がないっていうのに、「ちょっと待て。赤鉛筆もってこい」といって、真っ赤になるまで直されたもの。学校の宿題をお父さんに見てもらっているみたいだから、それ以後は活字になってから見せて、それで直されたものは次回から間違えないように気をつける、というふうにしているわけでございます。

ね、いい心がけでしょう。

阿川　お前たちきょうだい、狭くいえば小説家、広くいって文筆家というものには絶対ならないといっていた。俺が書けなくてお母さんに癇癪を起したりなんかしているのを見て、そう思ったんだろうね。

佐和子　結婚するとしても、小説家を志望する人や出版社に勤めている人は絶対にいやだと思っていた。

阿川　だから、お前は、その拒絶反応で本を読まなかったね。小さい頃は新聞もろくに読まなかった。

佐和子　あんまり暴露しないでよ。(笑)

パチンコ屋の奥さんに「毎日休みらしくていいね」といわれてた

阿川　だから、いま損していると思うよ、泥縄で読まざるを得ないから。俺のものなんて、何か読んだものあるの。読んでないだろう。

佐和子　そんなことないわよ。隠れてね、一応（笑）。本はお兄ちゃんがよく読んでいたわね。

阿川　素質にもよるだろうけども、あいつは中学二年のとき腎臓の病気で長期入院したもんだから、テープで落語聴いたり、本もたくさん読んでいたね。

佐和子　お兄ちゃんは小さいときから本ばっかり読んでいたし、私は学校から帰ると外で遊んでばかり。小学校のときなんかは、お兄ちゃんの昆虫採集の宿題は私が請負い、私の国語や歴史の宿題はお兄ちゃんに頼んでやってもらった。何かで叱られるとき、いつも「お前はお兄ちゃんと違って本を読まないから」といわれて、すごくコンプレックスをもっていた。

阿川　そうだったかね……。何かもっと実のある話をしなければいけないんじゃないかね。

佐和子　何の話をしましょうか。

阿川　それはお前が考えてくれ。俺はそういうの苦手なんだ。遠藤（周作）みたいにいかないんだ。遠藤って、本当にうまいよね。

佐和子　私に、阿川りんごのペンネームで売り出せって。

阿川　そうそう、そういう発想がね。

このあいだ、遠藤と三浦（朱門）と三人で飯食ったんだ。この三人は、まあ何でもいい合えるもんだから非常に気が楽でね。その前、司馬遼太郎の『「明治」という国家』をたいへん面白く読んだ。

その本に書いてあったんだけど、鹿児島というのは、「おはん、頼む」という文化なんだそうだ。俺も含めて、みんな自分は賢いと思いたがるけれども、薩摩はそこが違うんであって、自分は馬鹿だからだれかやれる人を見つけてきて、「おはん、頼む」ということになる。西郷などもみんなそうだったという。

その話を二人にしたら遠藤が、「お前らそれでわかったやろう。俺はその文化を実践しとるんや」っていうんだね。遠藤の文字遣いや言葉遣いがおかしいって、三浦と俺はいつも悪口いっているからさ。「オレは馬鹿じゃっちゅう顔して、おはん、頼む、っていうとるのを、お前らわからんのか」だって。（笑）

佐和子　ふうん、それは面白い。でも、お父さんはいつも、お前は馬鹿だ、お前は馬鹿だ、とまわりの人間に当りちらしていますよね。麻雀に明け暮れ、暇さえあればパチンコに行っている人がね。
阿川　そんなことないよ。このところずっと行ってないよ、パチンコ。
佐和子　本当？　どのくらい？
阿川　何カ月も、一年も二年も。
佐和子　四時間も五時間もパチンコ屋に入りびたっていた時期がありましたよ。
阿川　しかしあれ、四、五時間もやっていられりゃ幸せってもんなんだよ。どうかすると五分ぐらいで二、三〇〇〇円すっちゃうことがある。
佐和子　たまプラーザの駅前にパチンコ屋ができて、そこは住宅街だからと住民が反対している向きもあるのに、一番利用しているのがお父さんじゃないかと思うくらいに通って……。
阿川　そんなことないよ。
佐和子　真っ昼間からあんまり行くものだから、店の人が……。
阿川　お前、よせよ。俺の威厳を損じる。でもまあ、いいや。
佐和子　お店の人が、「おじさん、出てる？」、「まあまあね」なんていって……。

阿川　そりゃ、不正確だよ。

佐和子　じゃ、説明して。

阿川　店長の奥さんと顔馴染みになったんだけど、俺が何している人間だかわからないもんだから、「おじさん、きょうも休み？」、「うん、まあな」とか、「着物を着てるときのほうが出るじゃん」、「うん」とかいってたんだ。だけど、一度テレビに出たのを見つかって、何する人間かバレちゃった。

佐和子　違うでしょ、「仕事あるの？」って、そんなこといわれたんじゃなかった？

阿川　そう。「いいね、毎日休みらしくって」ともいわれてた。それが、バレてから、急用のときの呼び出しに、うちの名前は佐藤とか鈴木とかどこにでもある名前じゃないから、まわりの人にわかってしまうといやなので、芦田伸介の名を借りて、「二丁目の芦田さん」ということにしてもらった。あのときは、玉が出てたんだよ。「二丁目の芦田さん、お宅から電話です」っていうのは耳に入ったんだけど、うわの空で家の近所に芦田っていう家あったかなと思ったりしてね。それから二時間ぐらいやって完全にすってから家に帰ったら、客が待っててね、まことにどうも具合が悪かったよ。

佐和子　だいたい、お兄ちゃんが生れたときも私が生れたときも、お父さんは麻雀をしていました。

阿川　そうかね。そうだったかね。お兄ちゃんとお前の名前はめんどくさいと思って墓場から取ってきたけど……。

佐和子　家に電話していなかったりすると、「また麻雀に行ったの?」なんて、ついいまでもお母さんにいっちゃうほど……。

阿川　そんなことはない。ずっといるじゃないか、ここのところ。何でもいいからさ、もう少し実のある話をしようよ。

佐和子　実のある話ね……。お元気ですか。

阿川　元気だけど、もうヨレヨレよ。たまプラーザの団地に引っ越したの、二十一年前になるかな。入居したてのころはみんな五十代六十代、せいぜい七十代の世帯主で、葬式なんてほとんどなかったけど、その人たちがいま八十、九十になっているだろう? 忌中の貼り紙をあちこちで見かけるようになった。俺も本当に年とったよ。あと一年ちょっとで七十歳になる。

佐和子　あ、そう。

阿川　そうだよ。お前だって四十近いんだから。

佐和子　まあね、ウフフ……。人から「お元気そうですね」といわれるのも不愉快、「おやつれになったみたい」といわれるのも不愉快なんでしょ。

阿川　でも、腹を立てるのはストレス解消になっていいんじゃないか。

佐和子　そりゃそうですよ。まわりに腹立てて怒鳴っているだけなんだから。

阿川　このあいだ、盛岡へ行って、米内光政と親しかった九十幾つのおじいさんに会ったら、「阿川さん、長生きの秘訣は人にストレスを与え続けること、自分がストレスを受けてはなりません」といっていた。いいことを聞いたと思って、家に帰ってお母さんにいったら、「それじゃ私はどうなるのよ」っていわれた。（笑）

佐和子　お父さんは長生きするんじゃないでしょうか。

阿川　どうかね。このあいだ『旅』の編集者と一緒に奥出雲にあるイザナミノミコトを葬ったという山に行くことになったんだけど、編集者が、何を見ても腹立てる先生と二人だけになるのはたまったもんじゃないと思ったらしく、「奥さんもどうですか」っていうんだ。「どうだ」とお母さんにいったら「行く」っていうので連れて行った。そしたらお母さん、「珍しいことがある」という。何だと思ったら、俺が腹を立てないっていうんだよね。行ったところは、ずいぶん立派なブナの原生林があったり、樹齢千年を超す杉があったりして、実にいい気持だったからね。樹はいいね、本当に。

佐和子　家のお墓にもあるものね。

阿川　うしろにいい樹があるし、前には素晴らしい桜がある。お前、結婚しないと、あそこに一緒に入らなければいけなくなるよ。困るんじゃないか。

佐和子　お墓に入ってまで文句いわれるのかと想像しちゃう。(笑)

阿川　それが動機になって結婚してくれればいいんだけどね。

佐和子　ご期待に沿いたいとは思いますが、まあしかし……。十年早く生れていたら、もっとまわりから白い目で見られていたでしょうね。その点、いまはわりに自由だから……。

阿川　だけど、歌舞伎の世界じゃお前もう、御老女のお佐和さんだよ。(笑)

佐和子　東京だから、まだ一人でいて仕事していても許されている。地方だとそういうわけにいかないんですって。

阿川　肩身の狭い思いをしないで済んでいるのが、果していいことなのか、悪いことなのか。

佐和子　いいことだな。

阿川　お前が引っ越してから一度しか行っていないけれども、部屋はきれいに片づいたかね。行くと腹が立つから行かないんだよ、あちこちダンボールの箱なんかが置いてあって……。

佐和子　もうダンボールは片づけた。

阿川　そんなら行ってみてやってもいい。

佐和子　別に無理して来ていただかなくても……。

阿川　きょうの話、どうせ編集部で削るんだろうけれど、もっと実のある話をしゃべっておくほうがいいんじゃないかい。対談集のしめくくりなんだから。

佐和子　……？（笑）

さほど多くの依頼を受けるわけではないけれど、ときどき「お父様と一緒に気楽なおしゃべりを……」と親子対談を頼まれることがある。そういう場合はたいがい私のほうから、

「父も私も改めて話すような話もございませんし、だいいち父がそういうことを大の苦手としておりまして、たぶん無理かと存じます」

仕事をお断りする際はなるべく丁寧にとの父の教えに従って、私はかくのごとき低姿勢な態度で、なんとかお相手に了解していただく。

と、数日後、再び依頼主から電話があり、父のほうに連絡をとったところ娘の

都合がよければかまわないと答えたという。

これでは私の面目も立場もありゃしない。

父曰く、

「いや、おまえの今後の仕事のために引き受けてやったほうがいいかと思っただけだ」

しかし、そのわりには当日になると、妙に神妙な、構えた顔で登場し、合い間に深い溜め息なんかも上手に混ぜながら、いかに自分が娘のために時間と労力を費やしているか、父親というものがどれほどつらい存在であるかを身体じゅうで表現しはじめる。

さてこれに対し、娘はどのような態度に出るのが賢明であろう。

「まあ、お父様、そんなにまで気を遣ってくださって。佐和子、うれしい!」

などと可愛い反応を示せば、父はきっと、「やめろよ、気持が悪い」と口でいいつつ、まんざら悪い気持はしないものなのか。が、あいにく、父の性格をそっくり受け継いだ娘としては、そういう素直な真似ができないタチである。そこでつい、父の一挙手一投足にチャチャを入れてしまう。多少、父に対する感謝の気持があったとしても、人前でそれを表現するほど度胸は据わっていないから、照れ隠しにはしゃいでみせる。

ところが、そういう微妙な娘の気持を父は全く理解しようとせず、対談が終る頃に必ず娘の饒舌に釘を刺す。

「テレビに出るようになって、口だけは達者になられたようですが、いい気になるものじゃない」

子の心、親不知。

（'90・1）

文庫あとがき

本書は、一九八七年から三年間、ＰＨＰ研究所の季刊誌「ビジネス・ボイス」に連載した巻頭対談を、一九九二年三月にＰＨＰ研究所より単行本として上梓した『男は語る　私と12人の話題の男たち』の文庫化である。なんだ、ずいぶん昔の対談なのねと、読者は呆れておられることであろう。これを書いている私も、つくづくそう思う。

なにせ本書（単行本）は、私にとって初めての対談集だった。対談を本にしていただけるだけで狂喜し、せっかく担当の方が、「連載終了後、できるだけ早く一冊にまとめましょう」とおっしゃってくださったにもかかわらず、私がしみじみ感慨にふけり、原稿を大事に抱え込み過ぎた……つまりグダグダ怠けていたせいで、単行本の発刊が大幅に遅れ、連載終了から二年を経てようやく刊行されたのである。

そして今回の文庫化は、対談をした時点、とりわけ初回の開高健氏にお会いしたときから数えると、十四年も経過していることになる。いやはや、ときの経つのは早いものだ。

単行本を上梓したときは、なんだか中途半端に話が古く感じられ、こりゃ、売れないかなと思ったら、案の定、あまり売れず、ＰＨＰ研究所の担当の方には申し訳ないことをしたと反省している。以来、懲りたのか、その方からの仕事の依頼はぱったり途絶えた。手のかかるわりに、売り上げの伸びない著者の一覧に加えられたにちがいない。

基本的に対談は、ライブ感覚が重視される。対談中の雰囲気もさることながら、話題が時節に合っていることを、読み手はおもしろく感じるのである。しかしながら不思議なもので、出来たてのホヤホヤがいちばんおもしろいかといえば、必ずしもそうではない。人によって話によって、あるいは内容によって、微妙な違いが生じるものだ。たとえば雑誌連載対談の場合、いちばんのホヤホヤはまさに対談中であり、次が雑誌掲載時、続いて本にまとめられたとき、そして文庫化されたときとなるが、それらいくつかの段階で、印象に残る言葉や感じ入るエピソード、笑ってしまう箇所が、それぞれに異なる。単行本の段階で読み返したときには、さして何も感じなかったのに、今、読み返してみると、はははあと納得することがある。

きっと読者の皆さんにも経験がおありになるだろう。青春時代に書き綴った日記を

一、二年後に読み返すと、気恥ずかしくてバカバカしくて、いったい自分は何に嘆いたり憤ったりしていたのかと、思わずページを閉じてしまいたい衝動に駆られたことはないでしょうか。ところが、同じ日記を十年後ぐらいにもう一度繙《ひもと》くと、どういうわけかひどく懐かしくおもしろく、自分がいとおしくさえ感じられる。

そう、まさに十年ぐらいがほどよい熟成期間と思われる。そうか、あの頃、リクルート事件が世間を賑わし、ベルリンの壁が壊される直前、東欧民主化の夜明け前の時代だったっけ。光GENJIが人気を取り、我が国の総理大臣はすでにコロコロと交代し始めていて、まさか十年後も相変わらず、コロコロ交代し続けるとは思っていなかった。

思っていなかったといえば、ここまで不景気になることも、携帯電話やハイテク機器がこれほど進歩と普及をするであろうことも、あの時代には予想すらできなかった。

個人的な感慨を述べるならば、この対談でお会いした開高健さん、景山民夫さん、遠藤周作さんに、もう二度とお会いできないのかと思うと、とても寂しい気持になる。一方で、この対談が初対面だった方々と、その後しばしばお目にかかっている場合もあり、そのようなゲストに対する本書の私の態度は、今と比べてつくづく謙虚でおとなしかったものだと、我ながら驚く。十二人の最後をしめくくった父は八十歳となったが、相変わらず、よく食べ、よく怒り、まだ徹夜麻雀をするほど元気である。

そして私にとって、その後開始した週刊文春の連載対談「この人に会いたい」の基となっているのが、本書における城山三郎さんとの対談だったことも忘れられない。本文にも書いたが、あの日、インタビュアーであるべき私が、ろくに質問もしないでベラベラ喋りまくり、ゲストの城山さんはひたすら私の話を聞いてくださった。城山さんが帰られたあと、「今日はアガワさんがゲストみたいでしたね」と当時の編集長に呆れられ、反省しながら考えた。なぜ私ばっかり喋ってしまったのか。

それは、城山さんが聞き上手でいらしたからだ。格別、質問はなさらない。ただニコニコと、実におもしろそうに私の下らぬ話に耳を傾けて、合間に、「それで?」「ほうほう」「どうして?」「おもしろいねえ」と、絶妙の相づちを打って私の言葉を促してくださる。こんな心地よいことがあるだろうか。

「そうだ、私も城山さんのように、ゲストが知らず知らずのうちに話したい気持になってしまう聞き手を目指そう!」

週刊文春の連載対談を続けるに当たって、今でも何より肝に銘じているのは、このときの城山さんから受けた教訓である。

読者の皆様も、この対談集から勝手に好きなことを感じ取っていただきたい。あの時代を思い出し、改めて今を想うことも、時代に関わりのない普遍の言葉を探すことも、日本を憂うるか見直すか、自由に楽しんでいただきたい。

とまあ、遠藤さん流に申し上げれば、一見言い訳的軽佻浮薄に思われるこのあとがきのなかに、実は奥浅い意味を見つけることのできる読者と、そうでない読者がおられるでしょう。

倉庫で眠っていた本対談集を、発掘してくださった文藝春秋出版局の皆様、とりわけ山口由紀子さんに心からお礼申し上げます。また、初々しかった（？）時代の私の花束抱え姿を表紙絵に描いてくださった敬愛する和田誠さんにも、毎度のことながら、本当に感謝しております。

最後に、ご登場いただいた十二人のいい男（一応、父を含めよう）の皆様、改めて、ありがとうございました。

二〇〇一年　桜満開の雨の日

阿川佐和子

文庫の文庫あとがき

本書は「文庫あとがき」にあるとおり、一九八七年から三年間、PHP研究所の季刊誌『ビジネス・ボイス』に連載した対談を、一九九二年三月に同社より単行本として上梓したのち、二〇〇一年、文藝春秋によって文庫化されたものだが、年月を経て、絶版の決定が下されて文春文庫の棚から消えてしまっていた。と思ったら、なんとしたことか、「この対談集、面白いですよ。ぜひ我が社で復刻させてください」と、嬉しい申し出をしてくださる方が現れたのである。それが、筑摩書房の羽田雅美さんという有能編集者だった。すでに書店から姿を消して久しい本に目をつけて、もう一度、日の当たる場所に出してくれようとする編集者は、総じて有能に間違いない。筆者にとっては、こよなくありがたい存在である。なにしろ筆者の私もこの本を我が家の本棚の片隅に追いやって、絶版になっていたこと自体を忘れていたぐらいなのだから。というわけで、このたび復活いたしました。なんだか一度も結婚したことがないのに、再々婚したような気分であります。

三度目の新装開店にあたり、ふたたび読み返してみると、聞き手として稚拙な点、臆している様子、せっかくゲストが大事な話をしようとしてくださっているのに、ちっとも気づかずさらりと受け流してしまっている場面ばかりが目にとまり、歯がゆいこと限りなし。しかしそんな身内気分（って、過去の自分ですけど）を振り払い、やや客観的読者の目で読んでみれば、父を含めた十二人のゲストがこのいとも頼りなきインタビュアーを前にして、なんと親切に答えてくださっているかがよくわかる。並みの親切心ではない。こいつの質問や受け答えに任せておくと、読み物として成立しない恐れがあるという、プロの直感というか責任感というか。なんとかまともな読み物に成立させようと思うがあまりの熱意溢れる饒舌ぶりが、十二人のいずれの語りからも伝わってくる。これぞビギナーズ・ラック。シメシメであった。私はつくづく、編集者のみならず、ゲストにもおおいに助けられていたことを再認識した。

しかし、この、いかにもパッパラパーな聞き手に見える私とて、何も考えずに仕事をしていたわけではない。たしかに現場においては、緊張こそすれ、この対談をどのような面白い読み物に作り上げようかと、さしたる作戦も企みもなかったのは事実であるが、むしろ対談を終え、家に帰り、しばし心を落ち着けて、反芻反省したときに、深く感じ入ることが多かった。語り合った内容だけでなく、聞き手としてかけがえのない宝物を、一回目の開高さん、二回目の城山さん、そして三回目の渡辺さんと、回を重ねるたびに一つずつ手渡されていたのである。

どんな宝物を手渡されたのかって？　それについては近著『聞く力』に書いたので詳細は省くけれど、つまり、その後、私が仕事を続けるにあたり、この十二人の男たちの言葉、笑顔、目の動き、佇まい、ユーモアのセンス、一挙手一投足のすべてが、いまだに私の支えとなり、基軸となっているのは間違いない。

十二人のうち、六人の方々とはもはやお目にかかることが叶わない。野坂昭如さんとも今一度お会いしたいと思うけれど、なかなか難しい願いであることは承知している。ちなみに父は十二人の中でいちばん年長であったにもかかわらず、今もようよう健在である。が、もはや仕事はしないと決めている。そう思うとなおさらのこと、私個人にとっても極めて懐かしく、かけがえのない対談だという思いを新たにする。

復刻にあたり、またしても大好きな和田誠さんの挿画で表紙を飾ることができた。和田さん、ありがとうございました。有能編集者の羽田雅美さんにも感謝します。そして、三十年近くの歳月を経たこの対談集を「古ッ？」と首を傾げながらも手に取ってくださった読者の皆様にも心からお礼を申し上げます。皆様も、かけがえのない今のこのときを大切に！

二〇一五年二月　澄み渡る青空の日に

はるか遠くの我が身の初々しさを思い起こしつつ

阿川佐和子

解説　「聞く力」のヒヨコ時代

斎藤由香

二〇一四年十二月五日、東京のホテルオークラで、阿川佐和子さんの菊池寛賞の贈呈式が行なわれるというのでお祝いにうかがった。今回は佐和子さんや白石加代子さん、タモリさん、若田光一さんら、有名人が受賞ということで贈呈式の会場は大混雑。立ち見が出るほどだった。

佐和子さんの受賞理由は、一九九三年に始まった『週刊文春』の連載対談「阿川佐和子のこの人に会いたい」が千回を達成、著書『聞く力』（文春新書）、テレビ番組の司会など、幅広い分野で読者、視聴者に支持されてきたというもの。私はもちろん、多くの方々が毎週、『週刊文春』の対談を愛読され、「TVタックル」でのたけしさんとの軽妙なやり取りや、「サワコの朝」を楽しみにしているのだ。

真っ白な着物姿の佐和子さんが、受賞スピーチのために壇上に立つ。この着物は十数年前、檀ふみさんに連れられて銀座の呉服屋さんでもとめられたものだという。テレビだとわからないが、彼女は小柄である。

「私はインタビューが苦手だと今でも思っています。『週刊文春』の担当者が十一人目になっていますが、私は用意不周到な人間で、資料を読み込まずにゲストの前に出て、あらゆる知識といろいろな教養がいまもってなく、どのチームがセ・リーグとパ・リーグなのか、サッカーは何人でやっているのかも分からず、毎回担当者を泣かせています。『聞く力』という本を出しましたら、あちこちで『菊池から』『菊池から』と言われるようになりました」

菊池寛賞にちなんだエピソードを披露して会場を沸かせ、拍手喝采。小柄な佐和子さんだが、存在感は抜群だ。

その後のパーティ会場には何百人ものお客様がいて、とてもお会いできないと諦めていた。ところが佐和子さんがお供も連れず、一人で会場に現われた。「佐和子さん、おめでとうございます！　まさかこんなに広い会場でお会いできると思いませんでした」とごあいさつすると、「ユカちゃん、忙しいのにきてくれて有難う」と言ってくださった。会社員の私と違って佐和子さんは百倍も忙しいのに、あたたかいお言葉に感動した。「来て良かった」と幸せな気持ちになる。

佐和子さんと会う人は皆幸せな気持ちになるのだろう。だからこそ、日頃、対談を嫌がるような大物の方達が続々とインタビューを快諾するのだ。

さて、そんなコミュニケーションの達人の佐和子さんであるが、本書は佐和子さんがインタビューを始めた頃の「ヒヨコ時代」の対談集である。「文庫あとがき」で書かれているが、一九八七年から三年間、ＰＨＰ研究所の『ビジネス・ボイス』で、十二人にインタビューした文章をまとめている。当時、佐和子さんは、このインタビューと並行して、講談社の雑誌『イン・ポケット』や、慶応大学が発行している小冊子『塾』で各界の方々にインタビューしていたが、まだ『週刊文春』の連載はスタートしていない。今と違ってまさに素人に近いのだが、大作家達が子猫のようにお腹を見せるのが不思議だった。かといって、現在、インタビューの手法が劇的に変わっているかというと変わらないと思う。この頃から、「聞く力」をすでに身につけているのだ。

最初の対談相手である開高健先生は、私もお会いしたことがある。サントリーに入社し、広報部に配属された頃、先生は広報部発行のＰＲ誌『サントリークォータリー』で連載されていて、よく会社に電話をしてこられた。

「ワタシは茅ヶ崎のよれよれの開高だ。今日の午後、サントリーに行くからよろしく」

午後になると、先生は派手なアロハシャツにカンカン帽の出で立ちで会社に来て部長らに問う。

「最近、いい女と会って酒を飲み、寝ていますか？」

全フロアに聞える程の大音量で、である。また別のある日、開高先生は腰痛になってしまい、茅ヶ崎の水泳教室に通われているという。

「ワタシは水泳が苦手ですが、腰痛が治ると言われ、通っています。平泳ぎしている女性の後ろを泳ぐと、女性の足の付け根から黒いものが見える時があるのです。そんな時は不思議に、何百メートルも泳げるものですなあ」

こんな凄みとオーラをもつ先生に若き日の佐和子さんは、どのようにインタビューしているのだろうか？　興味津々でページをめくる。

冒頭、開高先生が佐和子さんに「テレビ屋やってて、慣れましたか」と問う気遣いからスタートする。当時、「情報デスクＴｏｄａｙ」でアシスタントをされていたのだ。それに、すかさず佐和子さんは「よれよれでございます（笑）」と返している。よれよれというのは開高先生の常套句。こんな大物相手に、臆することなく機知に富んだ対応が出来るのも天性のものだろう。

「ノイローゼにならない？　（略）私の友達で自殺したのがいる。ニュース映画撮っていて、トピックになるような極端なのばかり追っかけるから、そのうちおかしくなって、いっちゃった。明治以後、女にも小説家や雑誌記者がたくさん出たわね。しかし、自殺したやつ、一人もいない。ご安心あれ。それに対して、男は、一流に限って自殺する。俺なんかべんべんと生きているから三流の作家ではないかと思うんだ」。

先生によれば、男性は鋼と同じで折れやすく、何かでくじけると、疎外されてしまって孤独になり、自殺するという。最近の、自殺した男の人たちのニュースを思い出しながら対談を読む。

　そして二人目の城山三郎先生との対談は、佐和子さんが「文庫あとがき」や、「聞く力」で書かれているが、「インタビュアーでは城山先生を目指す」きっかけになったものである。以前、佐和子さんが当時のことを語っている。

「開高さんのときは、お宅に到着したとたんに開高さんの豪快なおしゃべりが始まって、私はたまに『へえ』とか、『ほお』とか、笑うとか、合いの手を入れるだけで、あっという間に対談が終わり、『こりゃ、楽だ』と安堵したの。にもかかわらず、次の城山さんの時は、優しい城山さんの前ですっかり甘えて、父の悪口、暴君ぶりやわがままぶりを、しゃべりまくって終わったわけ。終わったとたんに、当時の編集長に『アガワさん、前回はずっと黙って笑っているだけでしたが、今回は、アガワさんだけが喋り続けていましたね』と悲しそうな顔で、叱られました」

　ところがこの対談がきっかけで、「ゲストが知らず知らずに話したい気持ちになってしまう聞き手を目指そう！」と思ったという。ヒヨコが大きく育ったのは城山先生のおかげなのだ。人との出会いはそれほど大きいものだとつくづく思う。

　また本書には、このインタビュー後に亡くなられた方々も登場しており、中でも渡辺淳一先生のお別れの会はついこの間のことで、悲しい気持ちが蘇ってしまった。

「肉体関係ができるということは非常に大きなことだし、そこから深まっていく愛とか、慣れ親しんだあとで表に出てくる本性みたいなのがあるでしょう」と語られているが、まだ『失楽園』の連載がスタートされていない頃で、お元気で艶やかな言葉が胸に響く。

本書では、リクルート事件のことが出てきたり、また公衆電話という言葉が出てきたり、時代を感じさせるのも面白い。佐和子さんが、軽井沢にある宮本輝先生の別荘で対談をするために、編集者、カメラマンとで向かうが、途中、渋滞に巻き込まれ、約束の時間に遅れそうになり、公衆電話から電話をしようとする。

ところが誰も宮本先生宅の電話番号を書き留めていないので、何と、軽井沢にいる阿川弘之先生に電話をして、地元の電話番号帳で宮本先生宅の番号を調べてもらって、阿川先生から宮本先生に遅れることを伝えてもらうというドタバタ話なのだ。「瞬間湯沸かし器」と言われる程の怒りっぽい阿川先生に頼んだ佐和子さんは、どんなにヒヤヒヤしたことだろう。

三〇年前は携帯もメールもない時代だった。でも、そんな時だからこそ、人との直接のコミュニケーションがより大切だったのだろう。その後、IT機器の急速な普及で便利になった。しかし仕事のやり方も人間関係もそれに影響され過ぎて、歪んだ世の中になったと私は思う。

私が入社した三〇年前は男女雇用機会均等法が施行され、まさにバブルの時代であり、多くの人が海外に留学してMBAを取得したい、海外に行きたいと思っていた時代であ

若者や留学希望者のような広い世界に目が向いている人が少なくなったようだ。ところが現在は、みんながスマホにかじりつき、ゲームに熱中し、海外に行きたいる。

働く人々の中にも心を患う人が増加した。三〇年前は「コミュニケーション力」という言葉もなかったが、今や、ビジネスはもちろん、人間関係ではコミュニケーション力が何よりも大切と言われるようになった。佐和子さんの本を始め、様々な本が出て、多くの人達が話し方や相槌《あいづち》で人間関係が劇的に変わることを学んだ。そういった時代の流れを思い浮かべながら読むと、さらに味わい深い対談集になる。

そして何よりも嬉しいのが、最後に対談をされている阿川先生が今もご健在だということ。このインタビューの中でもお二人の様子が何よりも微笑ましい。

「お前、結婚しないと、お墓に一緒に入らなければいけなくなるよ。困るんじゃないいか」

「お墓に入ってまで文句をいわれるのかと想像しちゃう」

「それが動機になって結婚してくれればいいんだけどね」

「ご期待に添いたいとは思いますが」

……人間関係が希薄になった今、父親とこんな会話をしてみたいと思う女性や、娘とこんな会話がしたいと思う父親がさぞかし多いことだろう。

（さいとうゆか・エッセイスト）

ちくま文庫

男《おとこ》は語《かた》る――アガワと12人《にん》の男《おとこ》たち

二〇一五年三月十日　第一刷発行

著　者　阿川佐和子（あがわ・さわこ）

発行者　熊沢敏之

発行所　株式会社　筑摩書房
東京都台東区蔵前二―五―三　〒一一一―八七五五
振替〇〇一六〇―八―四一二三

装幀者　安野光雅

印刷所　星野精版印刷株式会社

製本所　株式会社積信堂

ISBN978-4-480-43260-5 C0195